轉生就是劍
1
"I became the sword by transmigrating" Story by Yuu Tanaka, illustration by Llo
棚架ユウ
插畫／るろお
Kadokawa Fantastic Novels

「來聽聽各位的報告吧。」
「好。我們跟克瑞爾他們一起去了現場，
結果在那裡遇到了芙蘭小姐。」
「當時戰鬥已經結束了。」
「這樣啊。那麼，我有事想請教芙蘭小姐……」
公會長輕嘆了口氣。
想必是因為他知道芙蘭有多不愛開口。
看他一副思考著如何讓芙蘭開口的表情。
好吧，這裡就由我出手相助好了。畢竟狀況似乎挺緊急的。
人類轉生成劍
師父
貓耳少女
芙蘭
公會會長
克林姆

序章

轉醒之後，我的第一個想法是「這裡好暗」。
怎麼搞的？現在是晚上嗎？
但在下個瞬間，我就覺得左側照來一道光芒。
我彷彿受到光芒吸引，視線朝向那邊望去。
接著，一片美不勝收的景色，倏然映入我的眼裡。
在昏茫的天空下，舉目望去盡是遼闊的地平線。地平線的邊緣，照射出神佛光圈般的亮光。是太陽要升空了。冉冉升起的旭日散發出彩虹般光彩，竟讓我一反常態地感動不已。
那麼，反方向又會是何種景色？
我眼睛望向右側，只見在這邊，月亮正要往地平線的另一頭沉沒。
那是個巨大到令人驚嘆的銀色圓盤，其頂端即將消失在地平線的另一端。雖然早已看不見全貌，但光看稍微露出的部分，就能理解其規模之巨大。
真是震撼人心的美景。
活了三十年，我從沒看過如此美麗的景色，真不明白我怎麼沒掉淚。
不，等等。活了三十年？

我現在還活著嗎？是說我應該死了吧？

我記憶中最後的景象，是一輛超速衝來的鮮紅敞篷車。駕駛座上的痞子男一手拿著智慧型手機，眼睛沒看前面，不知道為了什麼事在哈哈大笑。

對，就是開車分心啦～～笑得好開心喔～～但我可是一點都不開心啊這王八蛋！

我還記得自己在心裡這樣吶喊，但後來就……

那樣應該是死了。不，絕對是死了吧？

『唔——到底怎麼回事……？』

『嗨，你總算醒啦？』

『哇啊！什麼人！』

突如其來響起一陣聲音，但沒有人的氣息。

不對，這聲音好像是從腦中響起的？

『接下來你可能會很辛苦，要加油喔。』

『咦？咦？』

『那麼，再見啦——』

就這樣，我再也沒聽見男子的聲音。

『奇怪？有人在嗎～～？』

我試著呼喚看看，但沒人回應。到底怎麼回事？幻聽？但聽起來也未免太清晰了……

然後，我為了環視四周，想挪動身體，才發現到一件事。

身體動不了。

『唔？為什麼啊？是說，我究竟怎麼了？』

我以為自己被綁住了，但好像沒那麼單純。

身體感覺怪怪的。首先，手腳沒有感覺。不對，真要說的話不只手腳，其他部位的感覺也都不對勁。

『也沒有眼皮。眼睛也是……明明感覺不到眼睛，我到底是怎麼看東西的？』

我俯視自己的身體，雖然有點不安，不過視線多少可以移動。

『……是一把劍耶。』

在我的視線前方，是插在台座上的一把劍。

不知為何，我竟自然而然理解到，這把劍就是自己的身體。

狀況完全超越了理解的範圍。

然而，我卻無可置疑地明白，劍就等於我自己。

類似眼睛的某種部位——位於刀身的根部，似乎介於劍格與刀身之間。用劍的身體是怎麼看東西的啊？真是神祕。

『難道是死了……然後轉生成劍？』

哪裡來的鬼扯輕小說啦。

我很想當這是一場夢，但是這副身體，連要捏個臉頰都沒辦法。

『不過勉強還有觸感？總之就是類似的東西。』

我能理解自己的刀身刺在下面的台座上，雖然不同於皮膚觸覺，但似乎有碰到物體的感受。

『真的來到異世界了嗎？』

至少不會是地球。

畢竟天空飄浮著那麼多月亮嘛。往正上方一看，紅、藍、綠、紫、黃、櫻花色的六個月亮，正在天上閃耀著淡淡幽光。

轉生就是劍 1

"I became the sword by transmigrating" Story by Yuu Tanaka, Illustration by Llo

棚架ユウ
插畫／るろお

Kadokawa Fantastic Novels

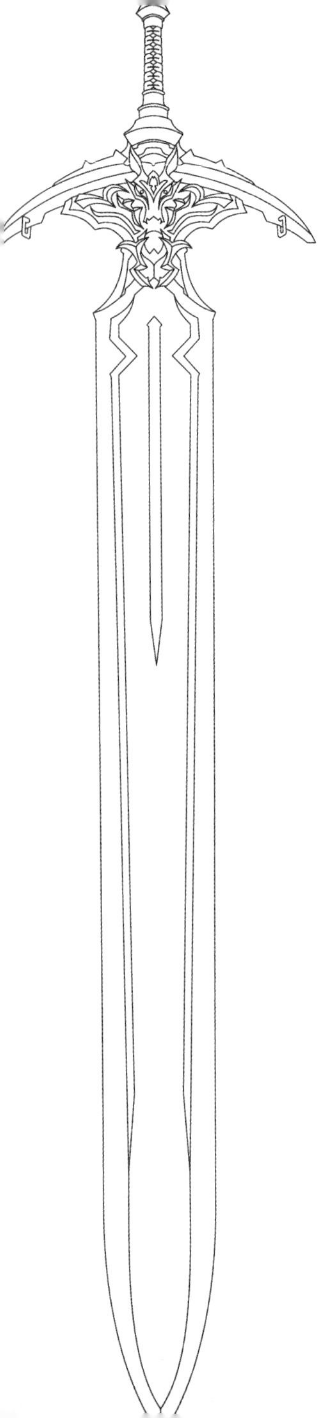

CONTENTS

"I became the sword by transmigrating"
Volume 1
Story by Yuu Tanaka, Illustration by Llo

第一章　大草原的邊緣劍

我雖然對於在地球完全無法想像的景色大為驚嘆，但也不忘開始確認自己的狀況。

『一般來說，如果是異世界轉生題材的輕小說等等，主角應該會得到些外掛能力之類吧。』

真要說起來，轉生成劍的我，究竟能不能運用技能什麼的啊？該不會轉生成劍這件事本身就已經算開外掛了吧？不對，雖然我以為轉生就能獲得外掛能力，但說不定期待這種不合理的奇蹟式發展，其實是想得太美了。

『說到轉生外掛，老哏就是一定會有鑑定眼……哦，真的假的？』

看來還真的有這麼好。

我能夠將自己的能力值確認得一清二楚。

名稱：不明
裝備登錄者：無
種族：智能武器
攻擊力：132　保有魔力：200／200　耐久值：100／100
自我進化〈階級1〉

技能：鑑定6、自我修復、念動、心靈感應、裝備者能力值上升【小】、裝備者回復上升【小】、技能共享、魔法師

好像很厲害。項目似乎可以個別做確認，就來看看吧。

鑑定6：顯示目視物體的情報。

自我修復：自動修復武具本身的破損。只要未遭到徹底破壞，皆可復原。

念動：使用魔力，無須藉助肉體即可干涉物體。

心靈感應：使用魔力，以精神力與他人對話。

裝備者能力值上升【小】：些微提升裝備者的全能力值。

裝備者回復上升【小】：些微提升生命力與魔力的回復速度。

技能共享：可與裝備登錄者共享目前安裝的技能，附加於裝備登錄者身上。

魔法師：可感受魔力流動，乃魔法師之證明。

技能後面的數字好像是技能等級。開場就有鑑定6，我是不是其實挺厲害的？不對，也有可能上限是999，或許高興得還太早？

不過，至少我不是普通的武器。雖然是有幾個項目跟技能搞不懂是什麼意思，但至少感覺得出來好像很厲害。看這能力，怎麼想都可以分類為稀有武器，或者是特殊武器。

只是，名稱竟然是不明耶。是鑑定等級不夠高，還是本來就沒有名字？明明是劍還用什麼生前的名字，似乎也挺怪的——奇怪？生前的名字？我以前叫什麼名字來著？奇怪？真的想不起來耶，咦？

『呃——……真的想不起來。』

明明其他事情都想得起來。

三十歲，男性，上班族，獨居。興趣是動漫、VRMMO、閱讀（限輕小說）。至於個性，別人常常說我積極樂觀。喜歡的食物是咖哩，不挑食，也沒有女朋友，應該說我根本沒跟女生交往過。

『我開始感到可悲了……』

好吧，反正其他記憶還在，遲早會想起來吧。畢竟我可是從人類轉生成劍，記憶出點差錯也不奇怪。

關於記憶我也無計可施，總之就先擱一邊吧。

再來是檢查外觀。

刀身是閃耀白光的神奇金屬，上面有三條藍色直線。這樣說可能有點老王賣瓜，但不得不說我的外觀還真優美，形狀應該就是所謂的長劍吧。

沉穩色調的金色劍格上，有著閃耀銀光的英勇狼形雕刻，以及藍色飾帶。劍柄用藍色與白色的結繩編織成格紋。

不是我自誇，怎麼看都不是平凡無奇的量產品，我認為自己應該是一把價值不菲的寶劍。

不過，攻擊力132有多強就不知道了。搞不好只是把華而不實的炫富劍，不能保證沒有這個可能性。只不過因為有技能，我想這個可能性滿低的。

如果真是這樣，那就糟透了。假如我是把炫富劍，我就自己跳爐自殺（？）吧。

不過我這把劍還真是華麗啊，如果是RPG，就是到了很後面才會出現的那種武器，外形極具神祕感。

『可是，偏偏就是一把劍啊。』

我在心中嘆氣。

我生前並不是什麼型男，不過也沒醜到引人側目。說穿了，就是個隨處可見的路人系阿宅。所以，我對生前的軀殼毫無留戀，即使轉世投胎換了個不同的身體，也沒什麼特別要抱怨的，反而早就希望能脫胎換骨了。

話是這樣說，但變成劍也太扯了吧，劍耶。

這下子我就再也不能吃東西，也不能打電動了，而且也不能擺脫處男身。

對、對耶，我這下豈不是確定當賢者了嗎！只能一輩子背負著這個十字架活下去了。

『……』

絕望啊，要是我還有手腳，肯定來個悲嘆的失意體前屈。

是說技能欄的魔法師，原來是這個意思？這麼一說才想到，只有那項技能跟其他項目感覺性質不太一樣……開什麼玩笑！這可一點也不好笑！

自己也不知道究竟沮喪了多久，是五分鐘？還是一小時？我發了一會兒呆後，慢慢開始覺得整件事有夠白痴。

『現在的我是一把劍，所以其實不用煩惱這些吧？畢竟是劍嘛。』

我絕不是在逃避現實，我說真的喔。

再說如果我沒有投胎轉世，肯定早就當場死亡了。

仔細想想，或許我運氣還滿不錯的。因為本來應該死了，卻能像這樣還保有意識。

對啊，可不是所有人都能體驗當劍的人生，不享受就太吃虧了吧？

這麼一想，就覺得很多煩惱都飛走了。

第二人生……不，是「劍生」從天而降。既然有這機會，試著邁向刀劍的巔峰或許也不賴。

但何謂刀劍的巔峰？哎，總之得先讓某個人來用我，否則什麼都甭提。比方說來個勇者？可是啊，當勇者的劍好像很辛苦呢。要跟魔王打鬥，視情況而定搞不好還會折斷。然後呢，就得送去給傳說中的鍛造師（矮人）修理。再說了，講到勇者，都是滿口正義、熱血過頭的精悍猛男，而且八成是帥哥，是與我正好相反的存在。老實說，我不認為自己能跟那種類型的人處得來。

既然要讓人使用，我寧可讓女生來用。如果是正妹最好，沒有的話只要不醜就可以，總比起腦袋裝肌肉的勇者好太多了。

再來就是劍術本領了吧。希望可以是個武藝高強的劍士，我要讓她用我將敵人一個接一個砍倒在地，成為英雄。而我則作為她的愛劍，寫在幾百年後的學校課本上。

……哎，反正作夢嘛，講講不用錢，夢想大一點也無所謂吧。

總之，我得先想想如何從這片平原脫身。

剛才聽到的男性聲音，現在怎麼樣就是聽不到，所以就先別去想了。

好吧，首先確認一下周遭環境好了。

我在一個像是古老遺跡的場所。

遺跡沒有屋頂，孤伶伶地存在於廣大無邊的大平原上。

我待在設置於遺跡中心位置的台座上，像把寶劍似的插在上頭。

這個台座的周圍，有著祠堂般的建物鎮守四方。

有的祠堂豈止布滿苔蘚——從屋頂裂縫都冒出大樹來了，讓人感覺得出此地已被人們遺忘，棄置了一段漫長的時光。

我看不下十年或二十年。

所以這是那種情況嗎？我是屬於只有抵達此地，才能獲得的傳說級武具之類的嗎？

或者我有相關傳說，例如得到此劍之人就能獲得世界什麼的？

會有勇者為了得到我而克服艱險旅程，特地前來此地嗎？

但假如是這樣，四周又沒什麼迷宮的感覺。

台座害我無法轉頭，所以我沒辦法得知背後的情況。不過就我環顧之下，放眼望去盡是只有樹叢與矮樹的平原，沒有高大的樹木。

凝神細看，遠處還不時有影子移動，也許是動物？

『半個人都沒有耶。』
看來我不能靠自己的力量移動了。
不，等等，記得技能裡有一項叫作「念動」。說不定我可以用這招移動？
『哼！』
集中精神，念動念動。
一用之下，我覺得身體好像忽然變輕了。
感覺刀身似乎略為脫離了台座。
我小心掌握住這種感覺，想像著一把劍飛天的畫面。
『哦哦哦！飄浮起來了！』
只要能想像，就隨我自由行動了。離開台座的我，在空中輕飄飄地到處飛動。
『I CAN FLY～～！』
雖然速度快不太起來，不過目前這樣就夠了。畢竟這下子我就知道，我可以憑自己的力量隨處移動。
我試著在台座周圍到處移動看看，果不其然，看起來很像遺跡。
原本應該是用磚塊般的褐色方塊堆成的。
然而可能因為長年暴露於風吹雨淋之中，顏色都發黑了，到處覆蓋著苔蘚。
寬度來說，直徑大約三十公尺。
『究竟是誰蓋的？我猜應該是我的製作者……』

台座這麼老舊，我很可能被擱置在這裡很久了。

雖說我轉生成劍，但一把劍也不可能憑空呱呱墜地，想必是有個人類鑄造了我的身體，不過前提是並非我的肉體因為某種事故而變質成劍。

這把劍的製作者應該就是使用者的第一候補，但是假如製作者已經去世或什麼的，這種可能性就沒了。

不過，我的身體也就是這把劍本身、我插著的台座，以及這個台座上的裝飾布等等，都沒沾到苔蘚或灰塵。簡直就像我是這兩天才被設置於此的。

這麼說來，難道製作者還活得好好的？

『嗯——？』

我一邊觀察四周環境一邊想東想西時，身體忽然產生一陣不協調感。

『……奇怪？』

總覺得好累……漸漸失去力量的感覺，襲向劍的身體。

然後，我掉下去了。

『真的假的啊！』

我拚命試著使用念動，但毫無反應。

高度推測少說有三十公尺。

『浮起來！拜託浮起來！』

然而我再怎麼掙扎都沒用，只能狠狠摔在地面上。

鏗啷啷啷——！

好大一陣金屬撞擊聲響起。

『好痛——……不，其實不會痛耶，但不知道有沒有哪裡撞裂了？留下裂痕之類的。』

我急忙看看身上，看樣子似乎沒事。

身體也沒有不對勁的感覺。

從那麼高的地方摔下來居然沒事，說不定我真的是把名劍。

『不過，為什麼會摔下來啊？』

剛才突然產生類似倦怠感的感覺，然後念動就不能用了。

為了查明異狀的原因，我檢查看看能力值。

原因馬上就知道了。

『保有魔力沒了呢。』

保有魔力變成0／200。大概是在使用念動的時候，會持續消耗魔力吧。

這一定也是造成倦怠感的原因。

即使魔力耗盡，仍能保持意識清醒，或許是不幸中的大幸。

『應該沒飛超過五分鐘吧，我想差不多三分鐘左右。』

我在鋪石地上等一下看看。

結果魔力稍稍恢復了一點，可以感覺到魔力一點一滴地從周圍流入體內，我似乎在無意識之中吸收著空氣中的魔力。

我在腦中邊數時間邊等，結果一分鐘似乎可以恢復1點。

等了一小時讓魔力恢復到６０後，我再度運用了念動技能。

『很好，飄得起來。』

看樣子沒問題，我維持念動狀態檢查了能力值，只見魔力消耗得超快。

『使用念動的時候，每秒大概會消耗1點？這樣的話魔力２００點可以飄浮三分鐘左右，算起來就沒錯了。』

我可不想再被摔到地上。

趁魔力還沒耗完，我趕緊回到台座上。

一插回台座之後，就覺得莫名地舒適安穩。

『呼……還好回得來。』

不過，這下就知道到處亂動的危險性了。

目前就先避免離開台座周圍，觀察著平原過日子吧。

看著平原，會發現到各種生物的蹤影。

我本來以為這裡就像地球上的熱帶莽原，到處都是哺乳類，結果怎麼看都是昆蟲，有些生物甚至沒有一個固定的形狀。豈止如此，牠們的大小更是不尋常。

例如我最一開始看到的像是螞蟻的影子，就有大型犬那麼大。當然，也有一些長得像牛或是蝙蝠的，只是體型都很巨大。

幸好我是一把劍，至少牠們應該不會襲擊我，把我當成食物。

『這樣看了一下，還真的不是地球呢。』
往更遠的地方眺望，會發現更龐大的獸類身影。
雖然只能目測，不過身體應該將近十公尺長。
至少我覺得比大象還大。
『會不會是所謂的魔獸？』
看著這些生物，有件事讓我很在意。
『有那麼大隻的魔獸，人類有可能抵達這裡嗎？』
還是一樣，沒半個人影。

轉生第二天。
有怪東西來了。
一陣腳步聲來自台座後方，往我靠近過來，而且不只一隻。
「嗝嘿嗝哈呼。」
「啊嘎啾。」
「嗝嘎！」
對話？這是在對話嗎？雖然聽不懂，不過看樣子是在溝通某些事情。
聲音聽起來像是猴子之類的。
氣息越來越靠近，已經走到我正後方了。

好，再靠近一點，這樣我就能看見你們的外形了。
沙沙。
再近一點。
沙沙沙。
剩一公尺。
沙沙——停住。
可惡，竟然給我停在正後方。
「嘎嘰？」
「嘎嚕加加。」
「蓋加？」
「咯嚕哈～～」
什麼？他們在說什麼？聽起來有點像是在討論什麼……
然後有某個東西碰了我的握柄。
很明顯地，那個生物握住了我的握柄。儘管觸感有夠粗糙，但有點像是人類的手掌。
看樣子那隻生物是想把我從台座中拔出來。
只是不知為何，連外形都還沒看到的對象要把我拔出來，讓我產生莫名的抗拒感。
我大可以讓對方把我拔出來，再確認他的外貌，但是……
我也沒多想，就用念動抵抗了一下。

拔不動我似乎反而讓神祕來者更想把我拔出來，使出了更大的力氣。

不過你想得美，我偏要全力抵抗，說什麼也不讓你拔。

「嘎嘎！」

「嘰加加加……！」

「哈加哈呼！」

其他傢伙也開始大聲吵鬧了，好像在替同伴加油。然後那些傢伙圍繞著挑戰拔我的個體，開始跳舞般繞起圈圈來。

「嘎嚕加！」

「哥嚕嘎嚕！」

這樣的舉動，讓我看見了這些傢伙的模樣。

真的假的。

牠們有著綠色肌膚，一張醜臉好似凶惡版的大猩猩。頭上長出較短的犄角，身上裝備著毛皮與棍棒。

『哥、哥布林？』

沒錯，這些傢伙正是哥布林。

一群哥布林正在試圖把我拔出來。

等等，等等，哪有讓哥布林來的！讓哥布林來也太過分了吧！要是變成哥布林用的魔劍，那我就完了。如果是哥布林王還好一點，但這些傢伙怎麼看都是嘍囉哥布林。

我一面用念動抵抗，一面試著確認視野內兩隻的能力值。

名稱：哥布林
種族：邪人
Lv：5
生命：17　魔力：6　臂力：8　敏捷：12
技能：棍棒術1、挖洞2

名稱：哥布林
種族：邪人
Lv：5
生命：19　魔力：4　臂力：9　敏捷：10
技能：劍術1、警戒1、毒素抗性1

哦哦，原來即使是同個種族，也會有些微差異啊。
哎，也是啦。既然武器不同，擅長的項目想必也不同。
哥布林們遲遲無法把我拔出來，其中一隻不耐煩了，繞到我的正面。這隻我也來鑑定一下。

名稱：哥布林・隊長
種族：邪人
Lv：2
生命：24　魔力：6　臂力：11　敏捷：13
技能：劍術1、求生術1、解體2、指揮1

哦，這傢伙是哥布林・隊長耶。Lv比較低是受到進化的影響嗎？嗯，稍微強一點，不過真的只是一點。

怎麼辦好呢？

牠們絲毫沒有打算要離開的樣子，想盡辦法要把我拔出來，甚至開始敲敲打打。敲了半天發現沒用，就換人上場。

看樣子好像還有一隻躲在死角，那傢伙似乎抓住了我。「哼努加加——」牠一邊發出這種熱血過頭的叫聲，一邊拚命使力。

那我就用最大力量抵抗。

隊長發現靠蠻力沒用，於是借用了同伴的棍棒，開始搥打台座。牠是打算直接破壞台座，好把我弄到手。然而牠沒能在台座上留下半點傷痕，這恐怕讓牠更加惱火與憤怒。隊長的表情染上憤怒之色，已經看不出是想把我拔出來，或者只是在亂發脾氣。

終究不過是哥布林，行動太白痴了。

哥布林搏鬥了一會兒，束手無策，只好踹台座一腳出氣。

然而台座似乎比牠想像得更硬，牠接著就按著腳尖喜感十足地跳來跳去。

呵呵呵，活該。

氣上心頭的隊長，把棍棒扔向待在死角的另一隻哥布林。喂喂，別拿同伴當出氣筒啊。

正在這樣想時，哥布林這個混帳，居然對我吐了口水。

很不幸地，我能感覺到骯髒唾液黏在刀身上。

濕濕黏黏的！濕濕黏黏的啊！好噁！而且真是羞辱人。

很好，我明白了，那就開戰吧，要打就來啊。

一股旺盛戰意湧上心頭，連我自己都覺得不可思議。

頭號目標就是眼前這傢伙。

我鎖定了代替哥布林．隊長靠近我，想拔劍的劍術哥布林。我算準對方使力的時機，不再用念動抵抗。

啵——

突然失去抵抗的劍，一下子就被哥布林拔了出來。但拔出來的勁頭太猛，哥布林失去平衡，難看地一屁股跌坐在地。

白痴，你破綻百出啦！

我使用念動，不動聲色地挪動刀身。

劍刃輕輕鬆鬆就割斷了哥布林毫無防備的喉嚨。

裝作是場意外，就這麼解決了一隻。

令我驚訝的是，我第一次殺生，卻沒有一點不快的感受，情緒反而還越來越亢奮。

應該說我覺得砍殺眼前的哥布林，是理所當然的事。

這下糟了，難不成其實我是受詛咒的魔劍，或是吸血欲望高漲的妖刀一類？不過，我已經停不下來了。既然如此，就順著這股氣勢幹掉牠們！

「嘎、嘎喔？」

可能是還沒搞懂狀況，剩下的幾隻急忙跑過來。

趁著這個機會，我用身體衝撞牠們，大開殺戒。

畢竟我是一把劍，所以身體衝撞就等同於必殺技就是了。

作為幹架時的一貫套路，我先挑強悍的傢伙下手。

我的目標是哥布林·隊長。

隊長大概完全沒想過劍自己會動，躲都來不及躲就被我撞個滿懷。

牠一臉呆愣，俯視著從腹部穿透背部的我的刀身。

身體一軟。

隊長就這麼倒在地上。

還剩兩隻。

果不其然，即使殺了哥布林，我還是不覺得良心不安。

斬殺敵人，開腸剖肚的觸感也一點都不覺得噁心。可能是託劍的身體所賜，對於砍死對手這件事，我毫無半點排斥。
豈止如此，我還覺得莫名充實。
也許是作為一把劍發揮了能耐的滿足感吧。
另一隻轉身背對我想跑，我就從牠的背後襲擊，還是一樣，一擊就送牠上了西天。
剩下一隻嚇得腿軟，殺死牠易如反掌。

名稱：哥布林
種族：邪人
Lv：2
生命：12　魔力：9　臂力：7　敏捷：10
技能：劍術1、地靈殺手

不過話說回來，我還真厲害耶。雖說是用奇襲的方式，但全都一擊就搞定了。
攻擊力132真不是蓋的。不過我也不知道這樣算不算強，總之對付哥布林這種小怪，似乎是小菜一碟。
只不過有件事令我在意。
『我剛才發光了一下，對吧？』
沒錯，就在我給予第三、第四隻哥布林致命一擊時，刀身發光了一個瞬間。

其實在殺第二隻的時候，我就覺得好像有發光。只是那時以為是心理作用，沒去管它。
看來似乎不是心理作用。
不過，我覺得打倒第一隻時並沒有發光。
好吧，總之檢查一下能力值，看看有沒有異常再說。

名稱：不明
種族：智能武器
攻擊力：132　保有魔力：166／200　耐久值：100／100
自我進化〈階級1・魔石值3／100・記憶體10〉
技能：鑑定6、自我修復、念動、心靈感應、裝備者能力值上升【小】、裝備者回復上升【小】、技能共享、魔法師
安裝技能：無
記憶技能：挖洞1、解體1、劍術1、棍棒術1、指揮1、求生術1、地靈殺手

怎麼回事？能力值增加了新的項目。首先吸引我目光的，是自我進化欄追加的項目。
魔石值？上面寫著3／100。我發光了三次，魔石值也是3，兩件事有關聯嗎？
還有這個……記憶體？這個我也看不懂，不過跟後面追加的記憶技能想必有關聯性。
仔細回想一下，會發現記憶技能欄追加的項目，都是那些殺死時有發光的哥布林的技能。第

一隻打倒的哥布林擁有警戒與毒素抗性，但欄位裡沒有追加，所以我想應該沒錯。

所以是我在打倒哥布林時，吸收了牠們的技能？

試著選擇記憶技能看看，結果響起了類似通知音效的聲音。

〈目前記憶體餘量為10，是否要安裝技能？〉

當然要安裝了，於是我直接進入了技能選擇畫面。

我由上往下依序選擇技能。

安裝技能：挖洞1、解體1、劍術1、棍棒術1、指揮1、求生術1、地靈殺手
記憶技能：無

這樣就安裝完畢了嗎？搞不太懂。

說到不懂，發光的標準也讓我一頭霧水。為什麼殺第一隻時沒有發光？關於這個問題，魔石值這個名詞成了線索。

魔石。在異世界召喚題材的輕小說裡，經常可以看到這個名詞，就是存在於魔獸體內的魔力結晶。不過前提是必須跟我想像的一樣。

若是以打倒方式的差異來說，第一隻我只是割斷了喉嚨，其餘三隻都是刺穿胴體。也許就差在這裡。

『嗯，那就試試看吧。』

我再次衝向第一個打倒的哥布林。

我狠狠將自己的刀刃，刺進這具倒地的屍體上。

然後刺到第三次時，我得到了預期的反應。伴隨著有點堅硬的觸感，刀身發光了。

某種物質流入體內的感覺，與不可思議的滿足感一起湧上心頭。對，就像空腹時吃到喜歡吃的東西那種感覺。

看來果然是只要刺穿魔石，就能吸收它的魔力或是某種力量。哥布林的魔石，應該是位於腹部。

我不知道有沒有所謂的魔石吸收欲，不過剛才我對哥布林產生了莫名好戰的心情，或許就是對哥布林體內的魔石起了反應。

『好吧，這點今後再慢慢驗證好了。』

現在先確認魔石值比較要緊。

果不其然，魔石值增加到了4／100，記憶技能欄裡追加了警戒與毒素抗性。

其他令我在意的地方，大概就是技能等級了。

我記得哥布林·隊長擁有解體2，還有一隻嘍囉應該擁有挖洞2。但我得到的技能都是1級，看來等級會受到重置。

看起來這些技能好像可以升等？是要實際使用才會升等嗎？還是多吸收魔石就會升等？這點也有待今後驗證。

總之，先把警戒與毒素抗性安裝起來吧。

嗯——不過話說回來，哥布林的屍體很礙眼耶。

牠們倒在台座前面，我刺在台座上的話，就得一直看著這些傢伙。

我使用念動拖著屍體，搬到遺跡外面。

雖然地面留下了血跡，但總比屍體好。

然後我挖洞以掩埋屍體。

希望剛剛才獲得的挖洞技能可以派上用場。

嗯，挖得了。

用這麼細長的刀身，挖起來卻好順，簡直像用鏟子挖土。只不過，我無法判斷是挖洞技能的功效，還是念動比想像中更靈巧。只希望它有發揮某種效果。

好吧，在等待配得上我的裝備者上門的這段期間內，我可以將收集技能當成新的目標，這是件好事。況且這就表示身為魔劍，我可以越變越強。

事情就是這樣，我立刻開始探索環境，尋求獵物。

我運用念動在遺跡周圍飛行，魔力減少時就降落地面休息。

這裡是平原，因此就算飛遠一點也不會找不到台座，可以放心。

第一個發現的，是六隻腳的小老鼠。

『這麼快就發現啦，來鑑定鑑定吧。』

名稱：六腳鼠

種族：動物
Lv：1
生命：2　魔力：0　臂力：1　敏捷：7
技能：無

好弱，太弱了吧，也沒有技能。

不過，能吸收魔石也好。

我現在的魔石值是4／100。我預測只要再收集96點，等級應該就會上升。

為了我的成長，納命來吧。

我朝著老鼠急速降落。很意外地，我的攻擊輕易就擊中了老鼠，把老鼠砍成兩半。

然而，我的身體沒有發光。

『奇怪？為什麼？』

我再次將刀刃刺進老鼠的屍體，但還是沒發光。

難道是剛才這種攻擊無法吸收魔石？

為了找出原因，我謹慎地切開鼠屍。

雖然場面挺血腥的，所幸我的身體是劍，不會噁心到吐出來。

結果，從老鼠體內找不到魔石的蹤跡。

然後我注意到一件事。

確認這隻老鼠的能力值時，種族寫的是動物。會不會是只有魔獸才擁有魔石？畢竟地球上的動物也沒有什麼魔石。

我為了驗證這種假設，化為屠鼠魔劍襲向老鼠們。

結果解決了三隻，都沒發現魔石。

接著我挑魔獸下手。

其實我早就發現一隻了。

那是一隻約莫五十公分長的大蜈蚣，貪婪吞食著我一開始殺死的鼠屍。

名稱：巨人百足
種族：魔獸・妖蟲
Lv：4
生命：18　魔力：7　臂力：6　敏捷：14
技能：振動感知1、攀登1、毒牙

種族是魔獸，沒問題。

我先刺穿了牠的腦袋。

但牠瘋狂掙扎。

牠口中吐出黃色液體，啪答啪答地痛苦翻滾。

為了給牠致命一擊，這次我劈斷了牠的胴體。

大蜈蚣雖被砍成兩截，卻仍然發揮昆蟲特有的生命力不停蠢動。但沒過多久，牠就不動了。

啊——嗯爆了。

不過，沒白費我打倒牠。

再次刺穿停止不動的蜈蚣心臟附近後，我的刀身發光了。

吸收魔石時的那種近乎滿足感的感受湧上心頭。

看來魔獸果然擁有魔石。

附帶一提，得到的技能有振動感知1、攀登1與毒牙。

可是我沒有獠牙耶……安裝毒牙使用看看，發現魔力減了5點，刀身滲出了些微液體，大概是毒液吧。好吧，能用就好。

接著我安裝攀登技能，但在想安裝振動感知時，卻辦不到。

〈超過安裝技能的上限。〉

看來不是獲得多少技能都能使用。

能力值項目有一項寫著：自我進化〈階級1・魔石值5／100・記憶體10〉，這個記憶體10，似乎就是可裝備的技能數量。

的確，我現在安裝了挖洞1、解體1、警戒1、劍術1、棍棒術1、指揮1、求生術1、地靈殺手、毒素抗性1、毒牙，總共十項技能。

我試著解除棍棒術，安裝振動感知看看，結果完全沒問題。好吧，反正棍棒術對我最沒用，在獲得新技能之前就先這樣好了。

對我很明顯派不上用場的，應該是指揮、求生術、毒素抗性與攀登吧。真希望能獲得代替這些的技能。

事情就是這樣，我重新開始探索。

接著我發現了兩個背對著我走動的身影。那些走路外八，輪廓像是用雙腳步行的黑猩猩，就是那些綠皮膚的醜八怪。

『是哥布林呢，而且手上還拿著某個東西。』

我鑑定了哥布林的能力值，跟至今遇過的傢伙幾乎沒差多少。不過牠們握在手上的大老鼠應該是牠們的獵物，我還沒看過那種東西。

名稱：毒牙鼠
種族：魔獸・牙獸
Lv：1
狀態：死亡
生命：0　魔力：3　臂力：4　敏捷：14
技能：警戒1

那個我就收下了。
我利用樹叢遮蔽處藏身，小心靠近牠們。
距離還剩大約兩公尺。
先從Lv較高的那隻下手。
『呀哈——！魔石交出來！』
嗯，我真的不是嗜血喔。
只是想講看看而已。
咚。
伴隨著鈍重的聲響，我從哥布林的背後刺死牠，一點抵抗都沒有。
我注意到刀身發光的同時，即刻將身體從哥布林體內拔出。
然後，我襲向愣住的另一隻哥布林。
這樣就兩隻了，技能也是，順利獲得了投擲術與狩獵。馬上來換技能吧。
然後還有新的魔獸。只是我注意到一個奇怪的地方，令我偏頭不解。呃，雖然我沒有頭。
『毒牙鼠？叫這個名字，技能卻只有警戒？』
再怎麼想，技能裡沒有毒牙就是很奇怪吧？跟名字相互矛盾嘛。
總之，我試著用念動掀開了鼠屍的嘴唇。嘴巴裡有長長的犬齒，而且從尖端噴出了一點黃色液體。那是毒液嗎？
唔，這是為什麼？蜈蚣有毒牙技能，名字裡有毒牙的老鼠卻沒有？

我左思右想了一下，但線索太少了。再獵殺一些魔獸，收集情報好了。而且技能好像馬上起了反應。

應該是多虧振動感知與狩獵的效果，我感覺到草叢另一頭有某種存在，好像在動，體型似乎不大。

我慢慢繞到草叢的另一側。

名稱：腐食鳥
種族：魔獸・魔鳥
Lv：5
生命：13　魔力：5　臂力：9　敏捷：15
技能：毒素抗性1、消化強化

是鳥啊，感知能力應該很強，我看還是小心行動為上。

我貼著地面低空飛行，謹慎避開草叢以免聲音被感知到，然後一口氣襲向腐食鳥。

腐食鳥飛都來不及飛就被我砍下腦袋，躺倒在地。

『呼，要是讓牠飛起來就難對付了，幸好能趁早打倒。』

我刺了幾下腐食鳥的身軀，吸收魔石。

我學到了消化強化，但這真是最沒必要的技能了，畢竟我又沒有消化器官。真要說起來，連這種技能都能學實在有夠誇張，自我進化哥還真是毫無原則啊，佩服佩服。

不過話說回來，吸收魔石的那一瞬間，果然很有充實感。看來魔石吸收欲不是開玩笑，而是真有這麼回事。好想吸收更多魔石啊。

好了好了，下一位犧牲者在哪裡呢？最好是能擁有我沒有的技能的傢伙。

我就這樣尋找著獵物，後來捕捉到一個奇怪的蹤影。

一個像是風箏的東西，輕飄飄地低空飄浮著。雖然移動速度不快，但動作毫無規律，詭異得很，看起來有點像會飛的綠色水母。

名稱：浮空草
種族：魔獸．魔植物
Lv：5
生命：14　魔力：10　臂力：6　敏捷：4
技能：魔力吸收1、鷹眼、浮游

我試著靠近牠，但牠毫無反應，只是在我的大約十公尺前方輕飄飄地飄盪。

攻擊牠沒問題嗎？

總之我先試著砍砍看。目標是像菇傘，又像水母頭的胴體中心部位，上面有個眼睛般的花紋。

我慢慢靠近，以備任何突發狀況。
然後，就在我靠近到約兩公尺的距離時，說時遲那時快……
浮空草竟然展現出超乎想像的靈敏身手。
『嗚呃，好噁心！』
大約十條觸手朝著我伸過來，蠕動的暗紅觸手，讓我聯想到蚯蚓或蛇，噁心死了。
非但如此，我因為覺得太噁心而忍不住停了一下，因此被觸手纏住了。
『嗚，牠在吸我的魔力嗎？』
我感覺得到透過觸手，魔力被對方吸走了。
不但噁心，還很危險。
我不顧一切地掙扎想脫身。
所幸觸手並不怎麼強韌，我隨便動動，一下子就全砍斷了。
『呼——好險——』
確認一下能力值，發現魔力被吸走了１０點。
剛才要是繼續被牠抓住，後果不堪設想。
這傢伙很危險，我要卯足全力解決牠。
我繞到浮空草的頭上，以最快速度發動突擊。
觸手的力氣或強韌度果然沒什麼大不了的。
我砍開再度伸過來的觸手，刺穿牠的胴體。

伴隨著貫穿堅硬物體的觸感，刀身發光了。這證明我破壞了牠的要害，也就是魔石。失去力量的浮空草咚沙一聲墜地。

由於牠是以技能之力飄浮，一死之後，身體就失去浮力了。

至於我，則是追加了浮游、魔力吸收與鷹眼技能。每種技能似乎都很好用，特別是浮游，試用之下發現跟念動的適性極佳。

因為裝備這種技能後，什麼都不用做就能飄在空中。當然還是會消耗魔力，但比起用念動勉強飄浮，消耗量少多了。搭配念動一起使用，我發現飄浮時間比以前長了五倍以上。若是再搭配使用魔力吸收，想必可以進一步延長時間。

我正在這樣驗證浮游性能時，注意到一件事。

『對了，浮空草有浮游這項技能，腐食鳥卻沒有飛行系技能呢，明明是鳥型魔獸。』

跟毒牙鼠一樣，沒有該有的技能。

兩者之間有什麼共同點嗎？是什麼原因讓牠們的技能當中，沒有毒牙或飛行？不過好吧，沒有翅膀或許就不能飛，所以就算有飛行技能，我也不一定學得會就是。

嗯？等等喔，沒有翅膀就不能使用飛行技能？追根究柢，說不定飛行根本就不是一種技能？

例如哥布林，就沒有步行或呼吸技能，對吧。

同樣地，鳥會飛是理所當然。

鳥類的飛行不是技能或魔術，而是肉體本來就會有的機能，跟魔力或技術無關。

這麼一想，毒牙鼠的毒牙很可能也是純粹的肉體機能，屬於要有毒腺或毒牙等專用器官才能使用的身體構造之一，就跟地球上的毒蛇等生物一樣。

反過來說，大蜈蚣的毒牙很可能是運用魔力製造出的毒素之類，屬於奇幻性質的特殊能力。

『劍術等等是鍛鍊出來的後天性能力，所以才能當成技能吸收嗎？』

關於我的身體，還有好多事情不明白呢，看來還需要做更多實驗。

剩下的鷹眼技能效果也很棒，這項技能讓裝備者可以俯瞰物體。多虧了它，我變得幾乎能看見周圍三百六十度。就好比之前的視角彷彿固定於腳架上的相機，如今變得可以移動類似感○砲的攝影機看東西，不過不能離身體太遠就是了。

『好，再多獵捕一些不同種類的魔獸吧！』

轉生成劍第四天。

『喝啊喝啊～～！你的魔石是什麼顏色的啊～～！』

今天拿第十二隻魔獸血祭後，隨即傳來一道聲音。

〈自我進化的效果已發動，獲得自我進化點數１０點。〉

我檢查能力值看看。

自我進化〈階級２・魔石值１０２／３００・記憶體１２・點數１０〉

魔石值超過１００了。

『奇怪？不會太快了嗎？』

今天早上確認時，記得魔石值才８０而已。

『嗯——跟昨天的不同之處，就只有換個狩獵場而已啊……』

由於我發現自己對付遺跡周遭的魔物已經游刃有餘，於是將狩獵場移至離遺跡更遠的地方。

似乎離遺跡越遠敵人就越強，開始有一些比較大的怪物出沒，像是鼻子大如鎚子的大野豬「破壞野豬」、連岩石都能咬碎的巨蟻魔獸「鐵蟻」，或是身上甲殼硬如石頭的「巨石犎牛」。而且牠們Lv都很高，持有技能的數量又多，魔石也比其他魔獸大上一圈。

『對耶，魔石的大小有差……難道說從強悍魔獸的魔石，得到的魔石值不是１？』

八成是這樣。真要說起來，體型超過兩公尺的破壞野豬跟小怪哥布林，魔石值怎麼可能會一樣。

『再確認得詳細點好了。』

一看，發現能力值也上升了，而且上升得超乎想像的多。

攻擊力：１６２　保有魔力：３００　耐久值：２００

『哦哦！這下可開心了！也就是說只要我多多吸收魔石，要成為世界最強之劍也不是夢嘍！哈哈哈，我開始有幹勁了！而且雖然不顯眼，但記憶體數量也提升了一點。』

好，眼下目標就是能力值封頂。

『還有……自我進化點數10是什麼意思？』
升級時好像能得到點數，針對這點，我更詳細地查閱了一下。
哦？跑出了一些項目呢，技能一覽是什麼？

點數獎勵一覽
攻擊力上升【小】、耐久值上升【小】、念動上升【小】、心靈感應上升【小】、保有魔力上升【小】、記憶體增加【小】、技能升等、魔獸知識、植物知識、礦物知識

哦哦？種類好多，是那個嗎？類似額外得到的獎勵技能？
總之我試著選擇了最讓我好奇的保有魔力上升【小】。
〈是否要使用點數5點，以獲得保有魔力上升【小】？〉
真的可以拿到嗎？我試著在腦中回答「確定」。
〈已獲得保有魔力上升【小】。〉
回答後，自我進化點數減少為5點，技能項目追加了保有魔力上升【小】。不只如此，保有魔力還上升了足足100點，自我進化大師超強的！下、下一個要選什麼？我全部都想要，但點數恐怕不夠。
這次我試著選了技能升等，令我驚訝的是，這項獎勵似乎能夠讓目前持有的記憶技能升等。只不過一次似乎只能選一項技能。

我試著選了劍術，所需點數為2。我全部試過一遍，幾乎都是2，只有毒牙與浮游升等必須要花到5點。

為什麼會有這種差別？跟毒牙與浮游技能沒有標示等級有關嗎？

嗯——雖然很難抉擇，不過現在就先選攻擊力上升【小】吧，我想這對魔獸應該最有效。

於是技能追加了攻擊力上升【小】，我的攻擊力提升了50點。

不錯喔，這下更讓我期待累積魔石值的成果了。

『很好～～越來越有幹勁了！我要盡情獵捕這附近的魔獸，把牠們趕盡殺絕！』

既然已經決定，那就立刻行動吧。

我意氣風發地在平原上滑翔。

然後從上空找尋魔獸，一發現就展開突擊。

我如同獵取食物的猛禽類，朝向發現的魔物急速降落，將刀身刺進牠們身上。

幾乎所有魔獸都死於我來自高空的一擊，就算活了下來也是奄奄一息。

再來就只是殘忍的殺戮行為。

然後我確定魔石吸收完了，就再次翱翔高空，為尋求獵物四處徘徊。

正可謂嗜血的魔劍狀態，「搜索並殲滅」就對了。

還是一樣沒有罪惡感，該說這是求生所必須的狩獵行為，還是近似進食的感覺比較貼切？

好吧，除此之外還有一點，就是收集到越來越多技能讓我很開心。

『很好很好，得到新技能嘍。』

技能穩定增加中。雖然其中也有對我而言毫無意義的技能。
像是消化強化或是味覺強化，這是能用在哪裡啊？
等將來裝備者出現了，我是覺得應該派得上用場，但現在完全沒意義。
話雖如此，收集技能也的確大大刺激了我的阿宅心，比魔石值增加還令我高興。
我想盡量跟擁有多一點技能的魔獸戰鬥，但該怎麼做呢……
想到這裡，我想起了一種魔獸。
『其實打哥布林還挺賺的耶。』
哥布林常常集體行動，得到的魔石值也不少，最棒的是技能很豐富。
手巧的哥布林，想必是在生活中後天學會技能的。比起獸形魔獸，獲得的技能類型更廣泛。
『這下子得來獵捕哥布林了。』
所幸台座周遭似乎有滿多哥布林的，找起來不費事。
我就暫且一面以獵捕哥布林為主，一面累積魔石值吧。
不料，我很快就碰壁了。
『根本沒半隻哥布林嘛！』
也不是完全沒有，但沒多到源源不絕的地步。
『嗯──……對了！』
我靈機一動！
『找出哥布林的窩巢，一口氣殲滅牠們就行啦！』

既然如此，我就得先找出牠們的窩巢。

不過照我看，在這種幾乎沒有掩體的平原，窩巢八成就是地面上挖的洞。只要從空中一找，應該不會太難找到。

當時我的確是這樣想的。

『完全找不到耶。』

整整兩天，不管我怎麼找，就是找不到哥布林的巢穴。

我太小看哥布林了。

沒辦法，這下子只能讓哥布林自己為我帶路了。

我可以故意留個嘍囉哥布林作活口，放任牠行動一會兒，好讓牠帶我去巢穴。然後我再來個一網打盡，這個作戰計畫真是太讚了。

我一邊低空飛行，一邊跟蹤哥布林們。

躡手躡腳，偷偷摸摸。

好吧，我沒有腳，但心情上就是這樣。

大概跟蹤了差不多一小時吧。

哥布林們會突然當場開始跳舞，或是看一長列螞蟻進軍，不斷浪費時間。

其實我從沒這樣長時間觀察過哥布林，但牠們每個動作都讓我惱火，或者說令人煩燥。

看牠們走得拖拖拉拉，我好幾次猶豫著要不要乾脆宰了牠們。

『誰教我已經完全養成見「哥」即斬的習性了嘛。』

真想稱讚自己竟然能忍這麼久。

我偷偷入侵藏在樹叢裡的巢穴，同時忍不住想笑。

『呵呵呵。我不用再忍耐了，對吧？』

就讓我把積在心裡的晦氣與魔石吸收欲，發洩在哥布林們身上吧。

『魔石我要啦──！』

「咻嘎嘎──！」

「嘰哈──！」

『巢穴果然很賺耶。』

我能感覺到自魔石流入體內的魔力，逐漸療癒了自己內部類似飢渴的情感。

我盡可能消除氣息，繼續尋找哥布林。

就這樣持續進行著刺客玩法，大概過了約一小時吧。

我想我已經解決了三十隻以上，卻沒引發應有的騷動。

難道牠們還沒發現這個狀況？

『哦，來到一條寬廣的通道了。』

我繼續往前走看看。

不久彎過轉角，就看到一間差不多有體育館那麼大的房間。

在這廣大的場地裡，擠滿了哥布林、哥布林、哥布林，應該有五十隻以上。

即使每一隻都是小怪，那麼多隻聚集一處，仍是相當大的威脅。
我看隨便找一隻中型怪物來，都會被牠們輕易擠死。
而在這個房間後側，有個格外引人注目的存在，在那裡擺架子。
牠臉上滿是傷疤，體格也比其他哥布林大了將近兩倍，極有沙場老將之風。
還身穿鐵製鎧甲，身旁立著一把巨大利劍，可能是從冒險者身上搶來的吧。
『哦哦！賓果！』

名稱：哥布林王
種族：邪人
Lv：21
生命：97　魔力：26　臂力：57　敏捷：26
技能：威懾2、劍技2、劍術4、指揮4、士氣昂揚3、盾術2、挑釁1、投擲1、霸氣1、氣力操作

能力值高到讓其他哥布林無從望其項背，原來是哥布林王。
『所以牠們是察覺到有人入侵，於是加強保衛君王就對了？』
我檢查著能力值的同時，喜不自勝地發抖。興高采烈的心情湧上心頭，簡直就像面對吃到飽的自助餐料理時一樣。

而且我還在牠們當中，認出了好幾隻高等種。有士兵、弓箭手、騎士、法師、盜賊、戰士、修行僧、軍醫、薩滿，各路強者齊聚一堂。

『看我把你們幹掉！』

我慢慢地精煉力量，只要運用想像力，念動也能調整力量。藉由注入最大級魔力讓念動力爆發，要猛爆加速都不是問題。

命名為念動彈射攻擊！

呵呵呵，就先從你下手！哥布林王！

我從轉角飛速衝出，瞄準了哥布林王解放力量。

我一瞬間就提升到最快速度，勢不可擋地刺進擺架子大王的臉孔。

念動是無聲的。

因此哥布林王完全反應不過來。

咚砰！

我把哥布林王的腦袋炸個稀巴爛，然後順勢刺進牆上。

自己都覺得威力真是強到可怕，根本是大砲了。

慢了一拍，哥布林王的身體一個傾斜，慢慢倒下。

伴隨著咚唰一聲，鮮血弄濕了地板。

「————」

寂靜一瞬間支配了廣大場地。

接著哥布林們既像慘叫又像怒吼的叫聲，震天價響地湧起。

「嘎喔喔喔喔喔！」

「咯嚕嗚嗚啊啊！」

「哥嚕嚕嗚嗚啊！」

有的慌張失措，六神無主。

有的跑向大王的屍體。

有的只是待在原地大聲咆哮。

反應各有不同。

這時，一個原本隨侍大王近旁，像是副手的傢伙開始大聲嚷嚷，像在對周圍的哥布林們做出某些指示。五隻哥布林對牠的聲音起了反應，開始跑向房間入口。

哥布林們想都沒想過劍會自己行動，似乎以為有人從房間外扔出了劍。

所有哥布林的視線都朝向通道。

白痴！去那裡也找不到半個人啦！

我假裝自然而然地從牆上脫落，離開了壁面。

然後順勢襲擊了副手。

不如說這傢伙才是我的首要目標。

『魔術技能拿來！』

我基於戰術考量才會先從大王下手，但其實我最想打倒的是這隻哥布林法師。一開始鑑定時，這傢伙的技能就吸引了我的目光。

名稱：哥布林・法師
種族：邪人
Lv：9
生命：27　魔力：36　臂力：14　敏捷：20
技能：礦物學1、指揮1、杖術2、戰鬥杖術1、火魔術3、魔力上升【小】、魔力操作

『呼哈哈哈哈哈哈！這下子我也能用魔術啦！』

在異世界使用魔術，可是阿宅的夢想之一。

我也想用想很久了。

而現在我終於獲得了魔術，稍微興奮一下，也是無可厚非的吧。

『試用魔術前，得先把這些傢伙解決乾淨才行！』

再來的戰況就是一面倒了。

可能是失去了大王持有的士氣昂揚技能造成了反作用力，哥布林們陷入恐慌，開始亂糟糟地鬧成一團。

負責指揮的法師也死了，再也沒人能平息這場混亂。

高等種雖然還知道反擊，但牠們根本一盤散沙，不是我的對手。

憑普通哥布林的能力，除非巧妙地直接打中我，否則休想傷害到我分毫。

失去集團特性的哥布林們，不過是烏合之眾罷了。反而還因為擠在一起，互相妨礙了行動。

『好，這傢伙就是最後一隻弓箭手了！』

我把看起來能做遠距離攻擊的傢伙全部先清光了，剩下的哥布林們碰不到待在天花板附近的我，只能抬著頭乾瞪眼，根本只是一堆經驗值。

我一邊在群體周遭飛來飛去，一邊逐步打倒哥布林們。

同時還要優先抓逃跑的傢伙下手，以免讓任何人跑了。

雖然讓相當多的哥布林溜了，但少說也獵殺了三十隻。

令我驚訝的是技能的升等。

吸收哥布林的魔石之際，劍術與棍棒的技能接連著升等了。

看來吸收既有技能的魔石時，還能同時吸收類似技能熟練度的東西。或者也有可能是敵人的技能等級夠高，讓我累積到一定的熟練度。總而言之，能讓技能升等真是件天大的喜訊。

『呼哈哈哈哈！經驗值拿來！』

我把剩下的哥布林的魔石全部吸光，置身於近似飽餐一頓的感受，離開了窩巢。

『嗯——台座在哪邊啊？』

搗毀了哥布林窩巢，我意氣風發地飛出洞穴，到目前是還沒問題……

但沒想到夜色已經籠罩四下，使我失去了方向感。

『呃——月亮在那邊，所以……？』

搞不懂，況且我又不知道這個世界的月亮從哪個方位升起。

就算想藉著月光認路，當然也沒白晝看得那麼清楚。

完全迷路了。

『今天先放棄回家吧……』

台座對我而言，算得上是一個家。可以的話，我天天都想回去。

而且剛剛好收進台座裡，能讓我感到莫名安心。

然而看來任憑我怎麼想破頭，今天都回不去了。

不得已，就放膽來場夜間狩獵吧。畢竟我是劍，不需要睡眠嘛。

以往我有點不敢半夜外出探索平原，一直在猶豫，不過……

事到如今，也沒別的選擇了。

我尋著魔獸的蹤影，飛上半空。

我維持著可以迅速降落地表的高度，以防來自空中的奇襲。

『況且遠遠看去，會飛的傢伙有些還滿大隻的。』

像是身體好像有牛那麼大的蝙蝠，或是外型像大蛇長了翅膀的傢伙。

不只視覺，我要靈活運用五感，保持警戒。

不過好吧，我沒有肉體，所以只是類似五感的感官罷了。

話雖如此，魔獸也沒有因為是晚上就變得超強。反而是躲在黑暗中行動，證明了牠們並沒有多強。

常常是花了很多時間發現牠們，戰鬥本身卻一瞬間就搞定了。

『不錯喔，不錯喔！回聲定位加上氣息察覺！方便的技能一大堆！』

夜行性怪物擁有多元的探測系技能。

特別有用的，是從剛才提到的巨大蝙蝠「巨人蝙蝠」身上獲得的回聲定位。這種技能可以接收反彈回來的聲音與魔力，掌握周圍三十公尺以內的地形或魔獸的位置。這招讓我能夠巨細靡遺地探索周邊環境。

『就這樣繼續累積魔石值，升個級也不賴！』

是，我得意忘形了。

我成功解決了白天看都沒看過的各種夜行性魔獸，高興過頭，沒看清周圍的狀況，滿腦子只想著追趕獵物。

「嘎嚕嚕喔喔喔喔！」

突如其來地，一陣來自近距離的巨大咆哮響徹四下。

『咦？』

朝著聲音來源往上一看，只見一個巨大身影已經逼近到我的正上方。乍看之下，應該有小型飛機那麼大。

『怎麼會！回聲定位並沒有起反應啊！』

不久之前我用過回聲定位，應該沒探測到半點蹤影才是。

「嘎嘎喔！」

『哇啊啊啊！』

巨大身影以超高速通過我的側面。

嘎哩——！

『唔啊！』

某種物體與我的刀身產生摩擦，奏響尖銳的金鐵聲。

其衝擊力道十分駭人，我一邊旋轉一邊被吹飛了將近十公尺。

還不只如此。

我確認能力值看看，發現才不過一次輕微接觸，耐久值就扣了足足３０。

『可惡！竟然搞偷襲，太卑鄙了！』

什麼，你說我的主要戰術不也是偷襲？

我沒關係，因為我是劍啊。

問我為什麼劍就可以偷襲人？

反正因為是劍所以可以啦！誰教我是劍呢！

可是被對手用同一招還以顏色，還真是氣人啊！

我遭受偷襲而被打飛，但仍勉強在空中重整態勢，成功讓姿勢安定下來。

只是，我無法正確掌握對手的位置。

一言以蔽之，就是「好快！」。

而且我終於知道為什麼回聲定位捕捉不到牠了。

我與那個身影接觸後才不到五秒，距離就已經拉得十分遙遠，那傢伙太快了。

我並不是每分每秒都在使用回聲定位，而是每隔幾分鐘才用一次，以調查周遭環境。然而對手速度那麼快，從回聲定位的有效範圍之外——三十公尺以外的位置長驅直入到我身邊，恐怕三秒都用不到。

「啾喔喔！」

『可惡，又跑來了！』

我有驚無險地躲掉對手的突擊，試著鑑定看看。

名稱：低階飛龍
種族：劣化亞龍・魔獸
Lv：21
生命：223　魔力：95　臂力：122　敏捷：142
技能：威嚇2、隱密2、火焰抗性3、氣流操作3、毒素抗性3、鱗片硬化、嗅覺強化、吸收強化、視覺強化

好強啊！

明明不但是龍的劣化種「飛龍」，還是飛龍的劣化種，卻是我至今見過的魔獸中最強的一

隻，而且技能也多好多。

幸好我專心閃避，沒遭到直接攻擊，但光是風壓就撼動了我整個身軀，驚人強風襲擊著我。

我太小看這個世界了。

因為從來沒苦戰過，讓我以為區區龍族大概不難對付。

『該死！』

對手能耐在我之上，動作比我更快。

這玩不下去了吧？不，等等喔。現在放棄的話遊戲就結束了，還不需要輕言放棄。等到情況真的很危急，只要緊貼地面逃走應該就沒事了，我猜。

在那之前，先挑戰一下吧。應該說不做點什麼的話，想逃恐怕也逃不掉。

況且我也不知道是不是離開牠的地盤，牠就會放棄。

我得表現一下，讓牠知道我也不是好惹的，逼牠露出點破綻才行。

好，總之先配合牠的猛衝，嘗試反擊看看吧。我要反過來利用牠的速度。

同時也要嘗試逃跑，能活下來最重要。

因此，我等著低階飛龍猛衝向我。

由於牠速度太快，一旦開始猛衝，要轉換方向或控制姿勢似乎都需要時間。

牠一邊大幅度轉彎，一邊想把頭朝向我。

唯一值得慶幸的，大概是不用擔心牠會連續猛衝過來吧。

『來了！』

「咕嚕嘎喔喔！」

目標是看起來很柔嫩的腹部，我要在最後一刻往下躲掉猛衝，再一口氣把劍尖往上揮，切開牠的肚子。雖不知道能不能順利進行，總之試試吧。

假如被打傷，我就三十六計走為上策。

龐大身軀急速逼近。

但我意外地能夠保持冷靜。

是很快沒錯，但不到汽車或機車那樣快到勢不可擋，動作也意外單純，就是直線衝刺。

這樣的話或許可行？

『嘿！』

「咕啊！」

是的，我失敗了。

我是躲掉了牠的猛衝，但動作比我想像中來得大。

我以為自己很沉著，然而潛意識當中或許還是會怕。

往上揮動的劍尖僅僅稍微割傷了低階飛龍的肚子，對那龐大身軀來說恐怕只算擦傷。

不過知道能傷得了牠，算是一件收穫。

還有，因為牠的魔力很多，所以魔力吸收技能似乎也能搶到滿多的魔力。

這樣一來，使用技能就輕鬆多了。

「咕嚕嚕嚕嚕！」

『糟糕！牠好像氣炸了？』

明明幾乎沒造成傷害，牠的怒氣卻好像達到了頂點。

我打草驚蛇了嗎？

牠一邊盤旋，充滿恨意的眼睛一邊目不轉睛地瞪著我。

『好像有點不妙？』

然後，牠再次猛衝過來。

我想躲掉牠的攻擊——卻中招了。

『咕啊！』

「嘎嘎嗚嗚喔喔喔！」

『該死！你好樣的，臭蜥蜴！不過，我也回敬了一擊！』

從方才的攻防看來，牠應該明白到我在試著反擊。

低階飛龍在與我產生接觸的前一刻，將尾巴往下揮動形成離心力，藉此將飛行路徑往上調整，真是精采的特技表演啊。我則是慘遭牠的後腳利爪打個正著。

但我也不是白白挨打。

被利爪打得跳起來時，牠的右眼正好來到我眼前，於是我惡狠狠地捅了進去。

不過也因此對我造成負擔，刀身的尖端折斷了就是。

我的刀身碎片想必還留在牠的右眼裡。

活該！

「咿咿咿啊啊啊啊啊啊啊啊！」

牠因為劇痛而渾身扭動，到處亂飛。

『先別管牠了，我要不要緊啊？』

刀身只剩下大約三分之二耶，斷得真徹底。雖然理所當然地不覺得痛，但繼續放任這樣斷著沒問題嗎？

看樣子不影響飛行，反正我本來就是用念動與浮游在飛的，大概跟空氣阻力沒什麼關係吧。只是改變一點形狀，沒有造成影響。

魔力也沒從刀身的缺口斷面外漏。

一切好端端的，連我自己都驚訝。

再來就看自我修復技能可以修復到什麼程度了，我可不想一直這樣缺一塊……

正在這樣想時，刀身斷面微微開始發亮。

然後雖然只有短短幾公釐，但斷面開始軟趴趴地凸起，大概是開始修復了。

呼——看來自我修復技能有好好發揮功效。

『可惡，這隻臭蜥蜴！你好大的膽子！』

確定自己沒事後，火氣一下子就上來了。

把我白皙美麗的刀身弄得這麼慘不忍睹，不可饒恕。

牠似乎也無意讓我逃走。

低階飛龍一副憤恨扭曲的嘴臉，不顧一切地撲向我。

理性好像也飛到九霄雲外去了，只是不斷地追著我跑，想把我咬碎。

雖說因為受了傷而使身手遜色，但還是比我快。

『很好，讓你瞧瞧我的厲害！』

就來個切肉斷骨。

我已經知道只是刀身缺角的話不會限制身體活動，既然如此，多得是招數可用。

首先我略為放慢速度，往遠離牠的方向飛行。

見我這樣，牠大概是以為我想溜吧。

臭蜥蜴一直線地撲向我。

白痴！你上當了！

我火速掉轉身子，朝著牠的翅膀加速，整把劍撞上去。

筆直往我飛來的臭蜥蜴，無法完全躲掉我的衝撞。

兩者各自加速，以驚人之勢狠狠相撞。

我的刀身幾乎全撞碎了，大概只剩十分之一左右。

不過，我的犧牲或許沒白費，低階飛龍左翼被連根砍飛，往地面墜落。

在我的誘導下，高度超過了三十公尺。亞龍種再怎麼厲害，從這麼高的地方摔下去也無法全身而退。

我靠近墜落地面的低階飛龍一看，牠脖子扭向奇怪的方向，嘴裡噴出大量鮮血與嘔吐物。

雖然身體還在一抖一抖地痙攣，但斷氣應該是時間早晚的問題。

『呼——總算勉強打贏了——』

真是好險。

如果最初的一擊再多受一點傷害，也許我已經被幹掉了。耐久值剩下23，真的只能說是險勝。

『好啦，打倒了是很好啦……但魔石該怎麼辦呢？』

沒錯，我的最大目的是魔石，但我失去了大半刀身，難以從橫躺眼前的臭蜥蜴身上取出魔石。

不知有沒有辦法解決？

看自我修復速度這麼慢，完全恢復可能要花滿多時間的，一個晚上恐怕修不好。

這段期間內，在這片有著其他飢餓魔獸成群徘徊的平原，我不認為低階飛龍的死屍還能平安無事。

『怎麼辦……』

自我修復的回復狀態，看起來有點像是從斷口慢慢滲出白膠。

『唔唔唔。』

我試著集中精神看看，不曉得這樣能不能把它擠出來，加快修復的速度。

嗯，我在耍什麼白痴啊。

這樣怎麼可能有用——

『哎呀哎呀？』

沒想到刀身的光輝似乎增強了，該不會真的……

『哦哦。』

刀身的修復速度大幅提升了，真的假的啊？

原來如此，也就是說即使是自動回復系的技能，只要憑自己的意志使用，或許可以提升效能嘍？不過保有魔力也隨之狂降，速率是一秒減1。但這也不會浪費，經過大約三分鐘後，刀身已經修復完成了，魔力殘量為15。若不是我用魔力吸收從低階飛龍身上吸了魔力，想必不夠用，真的是勉強剛好呢。

『這一仗讓我學到好多喔。』

而且還能拿到魔石，苦戰有了代價，戰果豐碩。

況且一個就有20點的魔石值呢。

低階飛龍的魔石位於頸根，這個位置的話戰鬥中或許攻擊得到。

『總之今天就躲進樹叢裡休息吧。』

解決了低階飛龍的隔天。

我上升到高空中，試著尋找台座。

因為白天可以看得很遠，我認為找得到。

然後，我在很遠的地方發現了台座，看來我不小心跑太遠了。

應該以為自己是往台座走，其實方向走反了。

『喝呀——！』

我一股腦往台座飛去。

途中遭遇到好幾次魔獸，但我都一擊刺穿魔石，大快朵頤。

對於昨晚經歷過飛龍戰的我而言，低階魔獸慢得像停在原地。

我再次感覺到，似乎離台座越遠，魔獸就越強。

反之越是靠近台座，出沒魔獸的階級就降得越低。

原因可能出在台座周遭流動的神奇魔力，我猜想很可能是張開了類似結界的法術。

多虧最近漸漸習慣如何運用魔力，我變得能感覺出結界。

但不知道是誰設置的，會是我的製作者嗎？

可能因為我全速直線突進，竟然不到一小時就抵達了台座。

果然還是白天活動比較有效率。

才不過一晚上沒回來，我竟然覺得有些懷念，結界的溫暖魔力真舒服。

『唔喔——！台座啊，我回來啦！』

我不管三七二十一，先往台座衝去再說。

啵。

嗯——好安心喔，收進台座裡使我整個心情超平靜。

果然台座才是我的家，台座才是我的療癒空間。

『呼……總算能鬆口氣了～』

我暫且眺望著雲朵放鬆一下。

唉，真是無憂無慮啊。

好啦，休息也休息過了，該開始進入享樂時光了。

『哼哼哼……哈——哈哈哈哈！我終於弄到手了！我不要再當普通的劍了！ＪＯＪ〇！』

沒錯，我指的就是魔術。

在昨天的哥布林殲滅戰中，我從哥布林．法師身上得到了火魔術技能。

夢寐以求的魔術終於到手了。

『裝上火魔術……』

準備完成。

我集中意識。

我已經使用過很多次技能，應該會用才對。

不，是我以為我會用。

『一點反應都沒有耶。』

魔術非但沒有要發動的樣子，連失敗的感覺都沒有。

就只是我在那邊哼哼唉唉而已，就這樣。

『為什麼啊？魔力不夠？不，我不認為哥布林．法師的魔力會比我多……總之，先把法師的技能全部安裝起來看看吧。』

我安裝起礦物學、指揮、杖術、戰鬥杖術、火魔術、魔力上升【小】與魔力操作，試著唸誦看看。一唸之下，幾種影像浮現在腦海中。

火箭術跟火盾術？

那就先試火箭術。

講到華麗魔術，當然就是攻擊魔術嘍！

『腦中好像浮現出咒文的形象了。』

我試著唸出腦中浮現的咒文。

全部唸完後，我可以感覺到魔力從自己的刀身流出。

『火箭術！』

咻嗡。

彷彿與我的叫喊相呼應，半空中出現了火炎箭矢。

『哦，哦哦哦？』

完成的火炎箭矢，像真正的箭矢一樣遠遠飛去。

魔術成功了！

『哈——哈哈！成功了！』

火箭術的威力只夠稍微燒焦地面。

與其這樣還不如我自己衝殺，威力強上一百倍。

但問題不在這裡，重點在於我成功施展魔術了。

『那麼，再來試試這個！火盾術！』

一個小型火炎圓盾憑空出現。

『嗯，不曉得有多耐打？』

我試著用念動操縱石頭，撞在小圓盾上。

石頭的威力不強。速度大概跟棒球投手投出的球差不多。

火盾術似乎能擋下一發攻擊。

我又丟了兩三塊石頭。

『嗯——就這點程度啊。』

防盾擋下了第三發攻擊就消失了，感覺應該是可以擋弓箭，但劍或斧頭就有點不安了。

我發射了一會兒魔術當好玩。

兩種魔術消耗的魔力似乎都是5，階級經過提升的我，可以連續發射滿多次的。

『火箭術！火箭術！呀呼————！』

過了大約半小時，我才冷靜下來。

灌木叢好像起火了，但應該是我多心啦。

『呼……對了，還得驗證一下技能呢。』

來確定一下使用魔術需要哪種技能吧。

首先我拆掉感覺跟魔術沒啥關係的礦物學、指揮。

我安裝上杖術、戰鬥杖術、火魔術、魔力上升【小】與魔力操作，使用魔術看看。

『可以用呢。』

那麼把杖術與戰鬥杖術也拆掉看看吧。
『火箭術！』
似乎沒問題。
接著拆掉魔力上升【小】。
魔術還是可以用。
這次拆掉魔力操作。
『不能用』。
這麼一來，我就只安裝著火魔術了。
我重新裝上魔力操作。
『火箭術。』
咻嗡。
看來使用魔術，似乎需要有魔力操作。
今後我得一直裝著才行。
這麼一來，名稱類似的另一項技能「氣力操作」也開始讓我好奇了。
『魔力操作與魔術有關，那氣力操作是什麼？』
我從擁有氣力操作的哥布林王身上獲得的技能，有威懾、劍技、劍術、指揮、士氣昂揚、盾術、挑釁、投擲、霸氣。
應該是劍術吧？不，還有一項新技能叫劍技，這又是什麼？

我多方試驗，結果得知劍技與氣力操作果然是一組的。

消耗氣力可以使用劍技，就像戰士等職業使用的必殺技。

目前劍技有兩種，分別是使出二連擊的「二連劈斬」與一擊必殺的「沉重劈斬」，這些似乎也挺有趣的。

『馬上來用用看吧。』

有了這項技術，就能對抗更強的魔獸了，狩獵效率肯定大大提升。

『獵捕哥布林也告一段落了，或許可以稍微出個遠門看看？』

學會火魔術以來，已經過了四天。

我每天還是一樣，過著化身為殺戮魔劍受到魔獸畏懼，或是遭到魔獸襲擊的日子。

魔石的吸收也很有進展，自我進化的階級已達到４。

而且，最近我開始慢慢嘗得出每種魔石的不同滋味。呃，其實也不是吃得出味道，只是每種魔獸的魔力品質明顯有差，而我漸漸感覺得出之間差異了。我最近偏好的口味，是哥布林或半獸人等邪人的魔石。比起其他魔獸的魔石，吸收時的刺激風味特別強，會帶來一種滿足感。大概就像偶爾吃到辛辣料理時，會覺得莫名好吃吧。不過說歸說，真的只有一點點不同罷了。

而且也獲得了大量技能，還有熟練度。

半獸人的亞種「美食家半獸人」的窩巢特別甜，不論是以技能，還是滿足魔石吸收欲而言都是。

此外，還獲得了多種武器技能，使用頻率最高的劍技、劍術等級也升到了3。

劍術技能升等，起初並沒有給我什麼實際感受。然而等級一超過3，我才明白到它壓倒性的強大效果。

應該說感覺就像讓我能隨心所欲地操縱劍，也就是我自己。我變得能夠正確針對敵人的弱點下手攻擊。

此外，我還變得能化解巨大魔獸的攻擊，或是加以卸力，對於以劍為身體的我而言，說是攻防一體的技能也不為過。

之後，我為了追求更高的戰鬥力，又利用技能升等獎勵進一步提升等級。現在劍術、劍技都是等級7。

我又從美食家半獸人．法師們身上獲得了土、風、水魔術，而且還得到了淨化魔術與補助魔術。

可能是種族的特性，幾乎每個個體都擁有高等級的料理或解體技能，讓我的這兩項雙雙升到了等級5。等級僅次於劍術的技能，居然是完全沒機會使用的技能，真有笑點。

除此之外，我還從各種魔獸身上獲得了各式各樣的技能。

像是從甲殼硬如石頭的蜘蛛「石蜘蛛」獲得的毒牙高等技能「猛毒牙」。

從肉食性巨大鼴鼠「挖洞鼴鼠」獲得的熱源感知。

跟毒牙鼠一樣名字很有那種感覺，卻沒有麻痺技能的「麻痺爪貓」讓我得到了氣息遮蔽。

除了這些代表性的技能，我還獲得了鳥類魔獸的氣流視覺等感知系技能，或是齧齒目類型的小型魔獸所具有的隱密系技能等等，很多技能都是既好用又能派上用場。

我稱霸了平原大約七成範圍，現在這裡就像我家後院。

『嘿呀！』

Q彈。

『火箭術！』

彈性十足～

我現在正在對付的是實力在不同作品中有著天差地別，人稱「非開掛即小怪」的史萊姆哥。在這個世界裡，要歸類的話比較偏強敵。牠們有著高度再生能力，以及對物理的抗性，還有隱密性。

不只如此，這些傢伙還具有所謂的黏體技，就是用來操縱膠質肉體戰鬥的技能。牠們能將肉體變成觸手鞭打敵人，或是分割部分肉體當成飛石射擊，相當棘手。

唉，而且對我來說尤其棘手。

因為這些傢伙體內有個強酸部位，牠們的身體似乎分成幾層，例如較硬的外層、能溶解獵物的酸性中層，以及保護魔石的有毒深層。大致來說就是這樣。

其中酸性部位對我來說非常危險，光是碰到就會受傷害。

我只能用剛學會的火魔術燒牠，別無他法。

然而，史萊姆還滿大隻的。最小隻的直徑也有一公尺，龐大個體更有大約兩公尺寬。想只靠火魔術打倒牠，有時必須打中幾十發才夠。

經過一番思考，我研發出的戰術，是甘冒著受傷風險砍開史萊姆，然後從砍開的間隙朝著魔石發射火魔術。

史萊姆有種習性，受到攻擊時，會往那個方向伸出觸手試圖迎擊。雖然我會受到更多傷害，但牠伸出越多觸手，本體就越小，魔術反而更容易傷到魔石。

況且與其胡亂發射火魔術，倒不如事後再恢復受到的傷害，魔力還不用耗那麼多。

『這樣就清光了嗎？』

不過話說回來，數量還真多啊。這裡似乎是史萊姆的棲息地，不管我怎麼打，總是有更多史萊姆從地底湧出。

史萊姆比起這附近的魔獸來說不太強，牠們大概是用人海戰術對抗敵人吧。

『唔？有東西要來了。』

然而我連喘口氣的時間都沒有，就感覺到有新的魔獸接近。

也許是被史萊姆的死屍吸引來了。

「啵喔喔！」

踏響大地現身的，是一隻體長約莫三公尺的烏龜。

我先用鑑定偵察一下情報。

『加農砲龜？對耶，的確附有像是大砲的管狀構造。』

約一公尺長的管子，自巨大龜殼的正面突出，那個大概就是砲身吧。

附在背面像是細窄管線的管子是什麼？看起來有點像改裝機車的大型排氣管。

「啵喔！」

咻咿——！

彷彿與烏龜的叫聲相呼應，好似吸塵器吸氣聲的尖銳聲音響徹四周。

『原來如此，是從那個管子吸進空氣啊。』

我使用從鳥型魔獸身上搶來的氣流視覺一看，就再清楚不過了，周遭空氣都流進了加農砲龜的龜殼管。

砰！

然後，砲身射出了看不見的砲彈。

不過我有氣流視覺，所以看得一清二楚就是了。我游刃有餘地躲掉了砲彈。

『壓縮空氣當砲彈射擊嗎！』

能進行遠距離攻擊的敵人真少見。

但牠的動作極其遲鈍。

「啵喔喔喔！」

『太天真了！』

而且牠每一發都得累積空氣，好像還只能往正面射擊。

我使出最快速度繞到背後，就看到牠慢吞吞地想轉身。

只不過，龜殼似乎相當堅硬，要是被牠縮進殼裡就麻煩了。

『既然如此，就搶在那之前打倒！』

我飛上高空，然後直接朝著加農砲龜的脖子急速下降。
牠正在四處張望，想看我跑哪裡去了，脖子整個露在外面。
然後我迅速降落，刀身一口氣砍下了加農砲龜的首級。
『好耶！正如我所料！』
我發出勝利的喝采。
然而這份喜悅只維持了短暫時間。
『真是的，至少讓我休息一下嘛。』
史萊姆的死屍吸引了加農砲龜，加農砲龜的鮮血又引來了新的魔獸。這在自然界是理所當然的運行規律，但我身為當事者還真想嘆氣。
不只如此，這次的魔獸看起來相當強悍。
「咕嚕嚕嚕……」
『天啊，好有壓迫感喔。』
出現在我眼前的，是個體長約七～八公尺，巨大的紅色豹型魔獸，尾巴前端如火炬般燃燒。
『來鑑定一下。』
魔獸的名稱是閃焰斑豹。
在我至今見過的魔獸中，恐怕就屬牠的能力數值最高。特別是敏捷值高達305，有低階飛龍的一倍以上。非但如此，牠還會用火魔術，看來遠近距離都能應戰。
『真是棘手。』

不過實力強大，就表示魔石值也比較多。
這傢伙的魔石不知道是什麼味道？
『就連你的魔石一起吃吧！』
「咕嚕嚕吼！」

與閃焰斑豹展開激戰後，過了兩天。
『好，走吧。』
接下來我要前往平原的外圍地帶，我擅自將那裡命名為區域5。
我這種分區方式，大致來說是根據出沒魔獸的力量強弱來區分。
在平原上，可能是台座結界的效果，使得離台座越遠，魔獸就越強。
我把台座周遭只會出現哥布林等小怪的場所稱為區域1，數字越大，魔獸就越強。
而我接下來要前往的區域5，設定上算是最高數值。
比區域5更外面的地方，就是未知的領域了。看起來平原似乎在那裡結束，突然變成了森林地帶。
只不過，不時可以看到魔獸在樹木之間若隱若現，牠們都是區域1或2出現的小怪，我不認為那裡會有比區域5更強的魔獸。
不過區域5的魔獸為何不踏進那塊地方，就是一個問題了。
可能要等我到了那裡才會知道。

『沒看到半隻小怪呢。』

在平原有種傾向，就是區域越遠，魔獸數量也越少。取而代之的，擁有廣大地盤的大型魔獸就會更多。

我直到昨天為止當成主要戰場的區域4，一天只能獵捕到二十隻左右。

不過平均魔石值超過15，所以比起獵捕100隻哥布林，獲得的魔石值壓倒性多就是了。

附帶一提，我現在的能力值差不多是這樣──

名稱：不明
種族：智能武器
攻擊力：314　保有魔力：1000／1000　耐久值：800／800
自我進化〈階級5・魔石值1366／1500・記憶體34・點數38〉
技能：鑑定6、攻擊力上升【小】、高速自我修復、技能共享、裝備者回復上升【小】、裝備者能力值上升【小】、念動、念動上升【小】、心靈感應、保有魔力上升【小】、魔獸知識、魔法師、記憶體增加【小】

我消耗自我進化升級獲得的點數，讓自我修復升等到高速自我修復，並新取得了念動上升【小】、魔獸知識、記憶體增加【小】。

至於記憶技能每次都會替換，老實說我記不得全部有哪些了，況且其中很多技能我不能用。

『哦，發現魔獸了！』

名稱：哥布林

種族：邪人

Lv：3

生命：10　魔力：2　臂力：7　敏捷：8

技能：警戒1、毒素抗性1、料理1

解說：從十萬年前遭到攻滅的魔神留下的碎片中，誕生的多種邪人之一。對邪人以外的族類抱持著強烈惡意與憎恨，絕無可能與其他族類和諧相處。具有優異的敏捷性與靈巧度，個性粗暴殘忍。牠們是邪惡的存在，一般建議一旦發現立刻撲滅。魔石位置：胴體中央，心窩部位。

在區域2的邊緣地帶，我發現兩隻哥布林走在一起。雖然我搗毀了牠們的窩巢，但並未將其剷除乾淨，不時還是會看到牠們的身影。

能力值最後附帶的解說文，是我用點數獎勵取得的魔獸知識效果。在使用鑑定的同時，可以一併使用這項技能。

多虧它的效果，戰鬥輕鬆多了。因為這下就會知道弱點與魔石位置，即使是初次目睹的魔獸也有可能一擊解決。

『一旦發現立刻撲滅……真的把牠們當蟑螂耶。』

感覺似乎比我想像的更邪惡。
好吧，大概是指對人類而言吧。
我本來也是人類，而且自認為站在人類那一邊，所以今後就讓我繼續拿你們當經驗值吧。
好，至於另一隻嘛……
外貌跟其他哥布林有點不同。
不但犄角有二十公分長，是其他同族的兩倍，而且不規則地畸形扭曲。皮膚也跟一般哥布林不同，好像潑了墨般通體漆黑。

名稱：邪惡哥布林
種族：邪人
Lv：2
生命：38　魔力：21　臂力：26　敏捷：19
技能：劍術2、投擲1、攀登1、毒素抗性1
稱號：邪神的僕人
解說：不明

又來了，邪惡哥布林偶爾會混雜在哥布林當中。我去哥布林的窩巢時也有看過，但那時只覺得「那隻的外貌有點怪怪的」。

出了窩巢經過鑑定，我才吃了一驚。牠雖然不比哥布林王，但比起一般哥布林強太多了。這傢伙也是，明明才Lv 2，其能力值卻相當高，而且還擁有稱號。

我想八成是所謂的菁英種吧，事實上，牠們也常常率領著其他哥布林行動。還有，解說寫著「不明」，這點也很費疑猜。不知道是提升鑑定等級就能看見，還是根本就沒有解說。

好吧，反正一般哥布林的解說寫著「建議撲滅」，管牠是哪種，都拿來當我的經驗值吧。

不過這個世界原來是真的有神明啊，雖然不知道是自稱神明的超越者，還是真正的神明，總之如果可以，真不希望碰到祂們。什麼神啊宗教的，我對這些只有麻煩透頂的印象。

『留下你們的魔石吧——！』

我就這樣一面狩獵魔獸，一面移動。

『呀呼——！』

前兩天，我想到了一種超讚的移動方式。

先以最大火力使用念動，啪咻——地飛出去。

然後以自由落體的方式墜落。

重複以上步驟。

這是我在施展念動彈射攻擊時想到的，命名為念動彈射移動法。

優點是只有一開始需要使用魔力，可達到節能之效。

我重複運用念動彈射移動法，將近中午時就抵達了區域４。

果不其然，到了區域４，魔獸也變得更難對付。

現在很少有魔獸能一發攻擊就解決，受到魔獸攻擊時，耐久值也扣很多。

相較於遭受區域１的哥布林們攻擊時完全不扣耐久值，一旦被這附近的魔獸攻擊直接命中，有時甚至會扣掉１００以上，一個大意都可能沒命。

最後，我終於抵達了區域５。

『好，看看區域５的魔獸都是些什麼貨色吧。』

我使用多種探測系技能尋找魔獸。

搶先發現對手先發制人，在狩獵時非常重要。

視情況而定，有時還能零傷害就打倒對手呢。

『不過啊，半隻魔獸都沒有耶。』

我找了少說有一小時，卻完全沒發現魔獸。

該不會沒有魔獸吧？

我還把這裡命名為區域５，難道其實區域４就是最高難度？

想到這裡，我正感到有點焦急時，在區域一隅發現了對手。

好大的魔力反應，鐵定是魔獸。而且實力前所未有地強大。

『好耶——！超強的魔力反應！』

至今魔力最強的，是區域4的閃焰斑豹，但這個反應比牠更強。

『稍微飛高一點好了。』

我提升飛行高度，以免在地上被對方發現。

除非對方知覺系技能特別強，否則應該很難發現到我。

『找到了！但那是什麼啊？水灘？』

在平原上有個直徑約五公尺，像是水灘的某種東西，孤零零地暴露在那裡。

只不過，從那個水灘可以感受到強大魔力。

嗯——所以魔獸在那裡面嗎？

我該靠近嗎？還是該想其他方法？

乍看之下，水灘裡沒有類似生物的蹤影。

『再靠近一點，鑑定看看好了。』

從現在這個高度實在鑑定不到，得靠近到大約二十公尺內才行。

於是，就在我靠近水灘時……

抖抖～

水面搖動了。

風吹的嗎？不，搖動的樣子不像風吹，而是更像……洋菜凍？

抖抖抖抖抖抖抖抖～

水灘震盪得更明顯了，然後猛地泉湧而出，讓人產生水灘爆炸的錯覺。

仔細一瞧，那才不是什麼水灘。
『要死了！是巨大史萊姆！』
本來以為是水灘，原來是固定成一團的巨大史萊姆。
大概是感覺到我的反應，而採取了戰鬥態勢吧。
如噴水池朝天噴出的史萊姆，很快就減弱了勢頭。
接著，牠像被重力牽引般猛烈落地，那副光景簡直有如瀑布。
膠質身體因猛烈降落而如水池般擴散開來，牠一邊收攏身體一邊聚集起來，變成巨大的圓形團塊。只要忽略大小問題，外形看起來跟其他史萊姆並無二致。
不過話說回來，我還是頭一次看到這麼大的史萊姆。
一般史萊姆頂多不過一公尺寬，再大也不超過兩公尺。
但這隻史萊姆卻有著十五公尺以上的龐大身軀，還有著絕倫超群的魔力，有點震撼到我了。
『總、總之先鑑定一下吧。』

名稱：暴食史萊姆統治者
種族：黏精・魔獸
Lv：58
生命：620　魔力：822　臂力：539　敏捷：308
技能：閃避3、閃避上升4、擬態6、吸收8、硬化8、瞬間再生7、異常狀態抗性7、跳躍5、軟化8、黏體技7、黏體術8、物理攻擊抗性7、捕食9、魔力感知7、次元收納、氣力操作、吸收強化、強酸黏體、消化強化、魔力操作

解說：暴食史萊姆的最高等種，會捕食周遭的生命體，並無限成長。持有近似時空魔術的能力，能將打倒的敵人收藏在次元收納空間中，作為糧食長期保存。報告指出在食物豐富的環境下，有些個體的力量甚至成長到能夠捕食龍。一旦發現，經常必須由國家派出討伐隊撲滅。魔石位置：本體中央部位。

哇啊——這魔獸太可怕了吧，無限成長是怎樣……

眼前這傢伙可能是比較年輕的個體，似乎沒解說文寫得那麼可怕，但一樣是危險的對手。物理攻擊抗性以及強酸黏體是吧。

也就是說，如果隨便亂衝過去，只會被抓住然後溶掉。

黏體技的技能等級也很高，其他史萊姆差不多都是等級4，這傢伙卻是等級7。

『總覺得如果攻擊直接命中，會當場沒命。』

好吧，該怎麼辦呢？

應該用魔術比較好？可是就算是感覺最有效的火魔術，要把這麼龐大的身軀燒完，需要幾百發啊？魔力絕對不夠的吧。

伸長～

史萊姆統治者朝我伸出身體，但我提升了飛行高度，牠實在搆不到。

只是牠的魔力感知等級很高，所以似乎完全把我認作食物了。

要用技能蠻幹嗎？

可是就算一點一點削減牠的生命力，只要牠有瞬間再生，越打越沒力的八成是我。

『但我撐得住嗎？』

攻擊這傢伙時，我身為一把劍，也會被牠的酸性身體傷到。況且這傢伙擁有強酸黏體，我可不想做太多次無謂的攻擊。

『啊，嗚喔！』

史萊姆統治者的身體慢慢彎曲，表面搖了搖。然後牠把自己的身體變成散彈，往我這邊射來，完全就像高速飛來的強酸彈丸。

『好險——！』

我以閃避技能勉強躲開，不過，這招攻擊八成只是在試探我。

牠若是使出更激烈的攻擊，我沒自信能完全躲掉。

『很好，短時間決勝負正合我意，我就給你一記必殺攻擊。』

我朝著史萊姆統治者發射火魔術。

果不其然，似乎不太有效。

不過，這樣就可以了。

『你們的習性，我可是一清二楚喔。』

我施展火魔術，又用念動投擲石頭。不只如此，我還不畏受傷地衝殺過去，毫不間斷地打個不停。

漸漸地，史萊姆統治者製造出的觸手數量多了起來，我也累積了越來越多傷害。不只如此，用作回復的魔力消耗量也開始增加了。

『嘖！受到的傷害開始超過回復量了。』

危險！

咕唔！

喝呀！

跟增加的觸手數量成正比，暴食史萊姆統治者的攻擊也越見激烈。

不過，這才是我的目的。

『即使進化了，習性還是不變啊！』

我故意刺激牠使出觸手攻擊，好讓覆蓋魔石的肉體變薄。

我發動念動彈射，勇猛衝向牠的魔石。

說穿了就只是衝刺攻擊而已，卻是我使出渾身解數的衝刺攻擊。

念動彈射加上利用風魔術提升投擲速度，結合出超高速。然後再搭配劍技技能帶來的破壞力，是現在的我能施展出的最強一擊。

『這招是我唯一有意命名的攻擊，就叫作瞬天殺法！』

我情緒太亢奮，想到什麼喊什麼，不過等冷靜下來之後，大概會自己打槍這個名稱。

聲音一瞬間消失了。

嘶咚轟轟轟轟轟轟轟！

緊接著，轟然巨響震盪了整片平原。

幸好我是一把劍，否則一定嚴重耳鳴，正在痛苦掙扎吧。

史萊姆統治者連反擊都做不到，龐大身軀就這麼開了個洞，當然魔石也被我毀了。

抖抖抖抖──

就這樣，史萊姆統治者停止了動作，軟趴趴地在地面癱成一片。

就像有人把謎樣黏液灑在地上，看起來有點詭異。

『呼，總算贏啦……不過，還挺驚險的呢。』

只不過與史萊姆的身體短時間交錯，刀身已經溶了將近一半。要是被牠吸進體內，恐怕一瞬間就溶光了。也就是說我以一擊必殺的方式解決牠，從結果來說是正確的。

〈自我進化的效果已發動，獲得自我進化點數30點。〉

驚人的是，獲得的魔石值竟高達150，真不愧是最高等魔獸。

名稱：不明

種族：智能武器

攻擊力：352　保有魔力：1300／1300　耐久值：1100／1100

獲得技能：擬態1、硬化1、瞬間再生1、軟化1、次元收納好啦，就在這裡檢驗一下到手的技能吧。

而且好像還有感覺就很好用的技能，先來小試一下。

『嗯——？』

我試著用用看說是能隱身於周遭環境的擬態，但感覺不到多少實際效果，而且自己又看不出來擬態成不成功。接著我試用了硬化技能，還是一樣看不出效果，誰教我本來就是硬的呢～

不過，瞬間再生倒是很厲害。雖然魔力消耗激烈，但一瞬間刀身就恢復了原樣。趕時間的話就用瞬間再生，時間充裕的話就用自我修復吧。

再來，我使用了好像滿好玩的軟化技能。

『哦哦～變軟了耶。』

因為等級還很低，效果好像不怎麼強，但刀身的確變軟了。

我試著晃動身體看看，只見刀身軟綿綿地振動，真有趣。

不過嘛，比起我接下來要試用的技能，這些都只算前菜啦。

『次元收納，發動。』

就是所謂的道具箱能力。

眼前的石子消失不見了。我再次發動技能，這次想像把石子拿出來的樣子，小石子就從半空中冒了出來。

我把一些草或石頭收進去看看，腦內就顯示出收納物品一覽表，真方便。

『再來就要看容量了。』

如果容量很少，那就太令人失望了。
首先把各種東西放進去，檢查一下限度吧。
『先放這傢伙進去好了。』
我試著把棄置一旁的暴食史萊姆統治者的殘骸收納起來看看。
牠的質量相當大，我想有二十五公尺游泳池一半的量。
但也一樣，一瞬間就收起來了。
『真不愧是高等魔獸的技能耶。』
雖不知道上限是多少，總之有這麼大的容量，我想這項技能對裝備者而言已經夠有用了。
可以收納打倒的魔獸，或是搬運糧食，還可以當成錢包使用。
附帶一提，自我進化升級時，魔力還有耐久值等等會加滿。多虧於此，我現在處於最佳狀態，只可惜精神疲勞無法得到減輕。
『反正也累了，今天就在低階區域狩獵吧。』

結束了與史萊姆統治者的激戰，到了第二天，我照常探索區域5。
由於昨天我在南區對付了史萊姆統治者，因此今天打算探索其他地區。
因為說不定還能找到像史萊姆統治者那樣的強敵嘛……
後來我在東區遇見了全長超過二十公尺的巨大蛇類魔獸「分身靈蛇」。牠的胴體足足有鐵桶那麼粗。

這傢伙正如其名，擁有名為創造分身的技能。

這種技能可以製造出與自己外貌相同的分身。

激烈搏鬥一場後打倒的分身像幻影一樣消失時，真的把我嚇了一跳。

而且這項技能等級升高之後，好像可以創造出比本體更強的分身。

我乘勝追擊挑戰本體，結果不怎麼強，讓我覺得很掃興。

因為以戰鬥力來說，牠比區域4的魔獸還不如。不，假如牠能活用牠那龐大身軀大鬧一場，應該會相當強悍……但可能因為牠躲在狹窄場所，無法發揮十全力量。我一找到潛藏於地底的本體後，三兩下就搞定了。

『呵呵呵，這下攻擊力就加倍嘍。』

我馬上試用了一下入手的創造分身技能，然而……

「奇怪？不是劍的身體……」

『喂喂，怎麼是生前的我啊。』

沒錯，創造分身製造出的分身，模仿的是我身為人類時的外貌。同時藉由從分身靈蛇身上得到的分割思考技能，我能同時操縱劍與分身。

「咦？所以搞了半天，我根本不需要裝備者嗎？」

『真的假的？分身有多強？』

乾脆就這樣讓分身裝備自己不就好了？我本來是這麼想的，但並沒有那麼好的事。

首先創造分身有時間限制，目前為五分鐘。

而且分身超弱，能力值平均為5，比哥布林還不如。
不只如此，連技能都很弱。我擁有的技能分身也能用，但所有技能等級全為1。
照這樣看來，恐怕無法有效運用。
附帶一提，分身是全身赤裸的狀態，幸好這裡沒有其他人在。我試了幾次，結果只能讓他身上纏一條類似破布的東西，不知這是不是創造分身的技能等級太低的關係？
要運用這項技能的話，可能只能當誘餌吧。但魔力消耗又很快，創造一個小咖分身都要花超過500點的魔力耶～
老實說，照目前的狀況看來，恐怕完全是個廢物技能。
其他技能也差不多，就是脫皮、熱源探知或鱗片再生之類我不能用的東西，或者是我已經擁有的技能。
唯一利用價值似乎比較高的，只有毒牙的高等技能「王毒牙」。我已經有猛毒牙技能了，但王毒牙是比它更高等的技能。
『王毒牙只能等實戰測試了。』
總之先把分身靈蛇收起來吧。
把這條巨大蛇怪收起來，次元收納空間都還沒滿，可見容量比我想像的還大呢。
中午過後，我朝著北區前進。
當然，路上要一面狩獵魔獸，一面收納殘骸。

攻略了南區與東區，我知道了一件事，就是區域5當中廣大的東西南北區域，分別有一隻頭目級魔獸當老大。

感覺大概就像區域頭目吧。

我會這樣想，是因為打起來比較強的魔獸，我只遇過史萊姆統治者與分身靈蛇，其他大概都是區域頭目的食物。

因此，接下來我要對付北區頭目。

『區域頭目擁有的技能都很強呢，好期待喔。』

在我眼前的，是個至今所有區域頭目中最小隻的烏龜魔獸。然而其魔力比起其他區域頭目，卻是有過之而無不及。

全長約莫五公尺，黑亮龜殼後方突出了十根管子，前面中央則有一座粗壯砲身向前突出。我用鑑定查查看牠的名字。

『轟擊砲龜是吧。』

看來應該是以前打倒過的加農砲龜的高等種，這隻的能力也一樣，能夠用管子吸收周圍空氣，從砲身發射空氣壓縮彈。

「吼喔喔喔喔喔喔！」

然而這隻的管子較多，威力不用說，一定也比較強。

而且不愧是遠距離砲擊系的魔獸，其探知能力的範圍似乎也很廣。

看得出來即使我離牠很遠，牠仍然已經鎖定了我，固定砲身衝著我來。

「吼！」

砰砰！

壓縮空氣彈連續射出。

『嗚喔！』

沒想到牠居然能連續發射，不像加農砲龜每次發射都得分別累積空氣，真不愧是高等種。

砰砰砰！

空氣彈再次高速飛來。

『我躲！』

我採取了閃避攻擊的飛行軌道，豈料……

砰砰！

『唔啊！』

空氣彈突然爆炸了，四面八方同時爆炸的空氣彈壓得我動彈不得，傷害量好大。

爆炸餘波就有這麼大威力喔！

而且還能夠遠隔操縱爆炸？性能太優異了吧！

砰！

『咕！這樣下去會很慘！』

趁著我動作被封鎖，對手又射出空氣彈進行追擊。

我被打個正著，耐久值大失血。

豈止如此，我看到空氣彈又接著飛來。
總之我得設法脫身。
我用念動彈射一口氣下降，躲掉了空氣彈。
然後順勢以最快速度鋸齒狀飛行，持續閃躲空氣彈的彈幕。
『竟敢得寸進尺！』
我不時受到傷害，但仍一步一步接近烏龜。
『到手了！』
只要靠近牠，我就贏定了。
我用刀身刺進烏龜露出的脖子——沒成功。
烏龜用從平常慢吞吞的動作完全無法想像的速度，把頭與腳縮進殼裡。
『啊！不准躲起來！』
我只能懊惱地攻擊龜殼，但一點都砍不動。
若是能攻擊上幾十次，或許能刺穿龜殼……
『不過，我看你不會讓我這麼做吧！』
砰砰砰砰砰砰砰砰！
縮起腦袋的烏龜開始在原地高速旋轉，簡直就像卡〇拉一樣。
然後牠也不瞄準目標，開始亂撒空氣彈。
正因為是不經深思的攻擊，預測起來特別困難，也很難躲。

空氣彈在我周圍著地，炸翻了大塊土地。

但我就算拉開距離，也只會再次成為空氣彈的靶子。

牠似乎是用感知類技能掌握我的動靜，我移動到龜殼的正上方死角，牠竟然也傾斜身體，開始往正上方撒空氣彈。

『哎喲！好險！』

上面不行。

那就是下面了。

就不信你連地底下都能攻擊。

我一邊閃躲烏龜的空氣彈，一邊調整能力值。

多虧有分身靈蛇給我的分割思考技能，我能一邊採取閃避動作一邊操作能力值，沒有任何問題。

我使用事先保留的自我進化點數，將土魔術提升到等級4。

我回想起讓我得到這項土魔術技能的對手，也就是美食家半獸人．法師。那隻的土魔術也是等級4。

『來了來了！』

可以使用我想要的魔術了。

就是美食家半獸人．法師使用過的挖洞魔術。

『——挖土術！』

我跳進用魔術挖出的洞，然後繼續連續使用挖土術。
看我就這樣挖到烏龜的正下方。
雖然看不見牠的身影，但能大致感覺得出氣息。
『土牆術！』
等抵達了烏龜的正下方後，我朝著正上方發動土魔術等級3的土牆術。這種咒文本來是讓腳邊地面隆起形成護牆，我現在試著用來托起烏龜的龐大身軀。
約兩公尺高的土牆托起了轟擊砲龜的甲殼，讓牠稍稍離地。
「轟？」
『喝呀！』
烏龜搆不著地面，陷入混亂。
我趁此機會，整個身體撞上去。
鏗嘰————！
不過，我的目的不是給予牠傷害。
『正如我所料！』
我用衝撞的方式從地下將烏龜身體抬高，是為了讓烏龜失去平衡。烏龜被土牆術托起而使得身體浮空，無法站穩腳步，被我狠狠這麼一撞，身體直接就整個翻了過去，牠那龐大身軀如今完全是四腳朝天。
烏龜掙扎著想使用尾巴爬起來，但就是爬不起來。

呵呵，照你這樣子是別想逃了。
於是烏龜把縮起的頭與腳全部伸出來，試著想把龜殼翻過去。
但我怎麼可能錯過這個破綻。
打倒過史萊姆統治者的最快一擊——念動彈射在烏龜的腦袋爆發威力。
終究不過是隻烏龜，敵不過本大爺的機智。
『勝利！』
話雖如此，其實還滿驚險的，區域5果然不可小看。
我從烏龜脖子部分開的洞鑽進龜殼內部，好不容易吸收到了心臟旁邊的魔石。
當然轟擊砲龜也要收納起來。
想不到即使如此，收納空間還是沒滿。
『剩餘魔力也不多了，還是先回去一趟吧。』
最後剩下區域5西部可以探索，就留待明天好了。
況且我也想試驗一下從烏龜身上得到的技能。
後來我回到台座，試了一下技能，結果能用的只有空氣壓縮、空氣彈發射這兩項而已。好吧，反正這兩項技能很有用，也罷。
「空氣彈發射」是能夠將周遭空氣凝聚成彈丸發射的技能。轟擊砲龜似乎是在龜殼裡結合了這項技能與吸收空氣累積的能力，以便連續發射砲彈。
以我來說，只要合併使用氣流操作或風魔術，應該可以連續射擊。

空氣壓縮就是壓縮空氣，乍看之下似乎是無用的不起眼技能，其實卻很有意思。

例如與空氣彈發射相結合，可以進一步增強彈丸的強度，還可以在身體周遭做出壓縮空氣的牆壁當成護盾使用。即使單獨使用不怎麼強，卻能與多種技能組合使用，稱得上是好技能。

『只是啊～～好技能多是很高興，但是要能夠靈活運用，看來需要更努力修練嘍。』

畢竟越是強勁的技能，就越不容易上手。

翌日白天。

我與最後一個區域頭目展開了激戰。

其名為暴君劍齒虎。

說穿了就是長有大獠牙的老虎，但身高有四公尺，體長超過十公尺。

不只如此，牠體型龐大，身手卻矯捷如風，能運用空中跳躍，以立體的動作襲擊對手，算得上強敵。

牠擁有多種操縱振動的技能，其攻擊力只能以凶惡二字形容。

豈止如此，包覆了魔力的毛皮與堅硬肌肉，連我的劍刃都不容易刺穿。

我躲過臭老虎的利爪攻勢，刺向牠的側腹，卻只留下淺淺的刀傷。

「咕嚕啊啊！」

『唔！快逃啊～～！』

暴君劍齒虎扭轉身體想咬住我，我勉強躲掉牠的攻擊。然而，一陣驚人的衝擊力道襲向了我的刀身。

『是牠的技能嗎！』

擦到一下威力就這麼大！

要是直接擊中，搞不好一擊就變碎片了。

牠似乎不具有遠距離攻擊的手段，拉開距離就不會遭到攻擊，或許算是不幸中的大幸。然而牠不但速度超快，還擁有在空中奔馳的技能，因此很難拉開距離就是了。即使我逃向高空，牠照樣窮追猛打。

『火箭術！』

「嘎嗚！」

我放出的火炎箭矢被牠的毛皮擋掉，只稍稍燒焦了表面而已。

果然沒多大效果啊！

連我的揮砍都得格外使勁才能對牠造成傷害了，威力差上許多的魔術根本達不到多少效果。

「咕喔喔！」

話雖如此，倒也不是完全遭到忽視，或多或少應該對牠造成了一點不快感受。結果搞了半天，似乎只是徒增暴君劍齒虎的怒氣。

『這樣下去狀況會越打越糟。』

既然如此，只能瞄準要害發動特攻，或是用有效技能痛扁牠了。

我一邊閃躲牠的猛衝，一邊拚命尋找可能有用的技能。

然後，我找到了。

『就是這個！』

不過，就只是直接使用贏得了嗎？

為了做好萬全準備，我決定使用自我進化點數。

〈使用點數15點，將王毒牙進化為魔毒牙。〉

沒錯，我發現的技能就是王毒牙。

暴君劍齒虎沒有毒素抗性技能，王毒牙應該有效。而且我還消耗了自我進化點數，讓技能進化了。

這樣還不行就開溜吧。

我一邊這樣想，一邊將劍刃刺進暴君劍齒虎的身上。

『怎麼樣？』

我刺完馬上跑掉，同時試著鑑定看看。

『很好，成功了！』

暴君劍齒虎一如我的計畫，陷入了中毒狀態，生命力以驚人速率暴減。

「嘎嘎喔喔喔喔！」

暴君劍齒虎的攻擊越見激烈，但我繼續攻擊牠，好讓毒性擴散得更快，並持續維持中毒狀態。

三小時後。

『打贏啦～～！』

我將劍鋒對準天空，高喊勝利。

躺在我下方的，是區域5最後也是最強的頭目，暴君劍齒虎。

牠在中毒之後更是難纏，生命力半減後的狂暴攻勢可不是開玩笑的。

老實說，我以為我輸定了。

不過不枉費我冒險犯難，戰果豐碩。

首先是技能。

新獲得的振動衝、振動牙這兩項技能都很不得了。

振動衝是讓振動傳導至對手身上，從身體內部加以破壞的打擊技能。

而振動牙是以超振動增強獠牙的銳利度，就是類似所謂超振動刀刃的技能。這項技能可以爆發性提升揮砍的威力，正適合我使用。

另一項戰果，則是自我進化階級的上升。區域頭目的魔石都具有150以上的魔石值，再加上我在區域4的狩獵成果，魔石值已經累積得夠多，可以進化了。

名稱：不明
種族：智能武器
攻擊力：392　保有魔力：1650／1650　耐久值：1450／1450

自我進化〈階級7・魔石值2109／2800・記憶體47・點數82〉
技能：鑑定6、攻擊力上升【小】、高速自我修復、技能共享、裝備者回復上升【小】、裝備者能力值上升【小】、念動、念動上升【小】、心靈感應、保有魔力上升【小】、魔獸知識、魔法師、記憶體增加【小】

而且進行了自我進化，又使得能力值全部加滿。
『好了，再來要做什麼呢？』
按照預定，我本來打算戰鬥後回去台座……
但太陽還高掛天上。
而我眼前有座神祕森林。
就是環繞區域5的一大片森林地帶。
本來以為還要再過一陣子才能去調查……
『好猶豫喔。』
我生命值全滿，又有時間，去看看應該不會怎樣吧？
『反正來都來了，什麼都不做就折返也沒意思。』
因此，我臨時決定探索區域外地帶。
不過我不會一下子就衝進去，先觀察一下情形再說。
我運用了夜視還有熱源探知等技能。

『嗯——什麼都沒有……？』
動物好像很多，但幾乎沒有魔獸。
看起來似乎有幾隻哥布林……但事到如今也沒必要勉強追著牠們打了。
『魔獸都只有小怪？』
我本來還有點緊張，以為那裡可說是區域6，搞不好會有絕對打不贏的神獸之類。
但這樣看來，跟區域1根本沒什麼不同。
坦白講，我覺得期待落空了。
『枉費我那麼期待～～』
虧我剛才還小心提防著準備隨時逃跑，真白痴。
『算了，就進去吧。』
我用念動彈射啪咻一聲飛出去。
視野下方鋪展開來的，就只是一座普通的森林，也沒有大型魔獸的氣息。
『哦，找到一處開闊空間了。』
在森林之中，我看到一處沒有樹木，像是空地的場所。
我以念動轉換方向，往開闊空地下降。
然後——我刺進了地面。
『很好，降落成功！』
使用念動彈射移動法，身體在空中會是斜的，有時會劍柄朝下落地，或是劍脊狠狠撞上地面。

雖然幾乎不會讓我受傷，但我自己覺得那樣算是降落失敗。

像這次這樣刀身巧妙刺進地面的話，就算降落成功，會讓我心情有點愉快。

只要在落地的前一刻使用念動，要漂亮降落簡單得很。但我是把降落的成功失敗當成遊戲，所以大多是任由重力拖著我墜落。

這是除了狩獵以外，我的少數樂趣之一。

從刀身傳來的觸感判斷，土壤似乎是黏質土，刀身能夠感覺出黏土含有濕氣的濕黏觸感。

『那就再飛一次……咦？』

身體不能動了。

難道是黏質土比想像中把我吸得更緊？

我試著以更大力量發動念動看看。

『怎、怎麼會……念動不能發動？』

正確來說，是一發動就強制結束了。

既然如此，我就使出全力。

我灌注所有能用的魔力，使用念動。

啵嘶。

只聽到一聲讓人沒勁的聲響。

然後，什麼也沒發生。

『唔，不行嗎？』

我發現魔力逐漸被地面吸收。

我灌注的那麼多魔力，幾乎一瞬間就消失不見了。

『那麼，這樣如何？』

我使用了技能。

就是以振動牙讓刀身震動，讓地面與刀身之間產生隙縫的戰術。

然而振動牙也不能發動。

那麼從刀身擊出空氣彈，以空氣壓力把我自己吹飛如何？

還是一樣不能發動。

用火魔術把自己連同地面一併炸飛！

好吧，果然不能發動。

『咦──……為什麼啊～～』

我暫時放棄嘗試脫身，試著觀察周圍看看。

就只是座森林，除此之外什麼都不是。

但平原的魔獸不進入這座森林的原因，絕對是這種魔力吸收現象造成的。越是高等的魔獸，魔力對生命活動來說就越重要，一旦隨便踏進這座森林，就有可能會像我現在這樣無法動彈。

『唯一值得慶幸的，或許就是我不會餓吧……』

後來我又稍微試了一下，看樣子所有向外釋放魔力的技能都不能發動。地面不會從刀身當中吸走魔力，所以只要不連續亂用技能，應該不會變得無法活動。據我推測，我的視覺應該是以刀身內部魔力控制的，所以這方面也沒什麼問題。

只是，刺在地上過了幾小時後，我注意到一件事。

『魔力都不回復耶。』

大概是因為空氣中的魔力很稀薄吧，魔力沒有自動回復。

雖然還剩下一半以上，不過看來最好別浪費。

慘了，我已經沒辦法靠自己的力量從這裡脫身了。

啊——事情怎麼會變成這樣……

後來過了三天，狀況依然沒有變化。

第一天我還一邊查詢技能，一邊摸索脫身的辦法，但很快我就得到結論——沒辦法。

畢竟不能向外釋放魔力，就表示不只攻擊，連魔術或心靈感應都不能用。

再來就只能等其他生物偶然路過，對我產生興趣而把我拔出來。不然就是來場奇蹟般的天崩地裂，把我炸飛出去。

但如果能來個人類把我拔出來，那就再好不過了。

自從刺進地面以來已經過了十天。對不起，是我沒認清現實。不是人類也沒關係了，我願意向我大量屠殺的哥布林道歉，我不會再叫你們經驗值了。拜託誰都好，來把我拔出來吧。任何人只要把我拔出來，我願意一輩子隨侍左右。地靈也好殭屍也好，我都不挑剔了，拜託幫幫忙。

過了一個月。啊啊，誰都可以，拜託把我撿走吧，求你了！我可是個績優股喔！畢竟我好像是魔劍還是啥的。會自己思考行動的劍不多喔！而且我還會煮飯，又有技能，真的啦。不然我用點數升等給你看好了，你看你看，料理１０耶。

〈料理已達到１０級，能力值以及料理技能獲得獎勵。〉

〈自我進化獎勵追加了新的項目。〉

我還有解體技能喔，很方便喔！我把這個也升個等級好了，你看——１０級了！

〈解體已達到１０級，能力值以及解體技能獲得獎勵。〉

我還有鑑定喔，這個也可以升等的。我讓它升了1級了，很厲害吧？戰鬥力也很強喔，劍術跟劍技都是7級耶。要不然我讓魔術技能也升等好了，火魔術升到１０級了！怎麼樣？

〈火魔術已達到１０級，技能追加火焰魔術1。〉

聽到沒！原來還有更高等的魔術啊。接著來提升能力值好了！

〈已獲得裝備者能力值上升【中】。〉

這下光是把我裝備起來，就會變得亂強一把喔！如何？把我撿走不吃虧吧？還有，這項技能也是——

「——……！」

啊啊，我太想見到別人，開始產生幻聽了，也許我已經病入膏肓了。

「你——！……那個——！」

嗯？真的只是幻聽嗎？

匡噹匡噹匡噹匡噹！

些微振動透過地面傳來。

不知道是什麼的聲音？

「還——追來——」

「王……蛋！為什——」

果然是人類的聲音！

太棒啦，有人類來啦！

神啊，謝謝祢！

喂——我在這裡！看，有一把劍插在這裡喔？簡直就像傳說中的寶劍對吧？所以快把我拔出來！PLEASE！

匡噹匡噹匡噹匡噹！

振動的來源原來是馬車車輪。

一輛帶篷馬車從森林中出現。

車速會不會開太快了？用那種速度轉彎的話可是會——

然後，馬車就在我眼前翻車了。

匡啷——！

哇啊，好慘！車上乘客還好嗎？不過他們為什麼這麼慌張？看起來好像有東西在追他們。

現在的我連心靈感應都不能用，所以只能袖手旁觀。

我一邊擔心馬車乘客的安危一邊旁觀，只見有人從馬車裡爬了出來。

喔喔，好像沒事呢。

是商人嗎？看起來不像戰士，又不像一般人的感覺。那人頭上纏著布，身穿作工不錯的服飾。有點弄髒的外套，讓人感覺出旅途的漫長。

不只一個人，還有個像是部下的矮個子男人，帶著幾名男女爬出了馬車。

男性部下帶在身邊的男人與女人，一身打扮該怎麼說……糟透了。

穿的衣服就只是很明顯沒洗過的破布，用帶子綁在身上罷了，根本稱不上衣服。頭髮也有點髒，脖子上套著大項圈。

『擺明了是奴隸嘛，原來這個世界也有奴隸？』

「喂，讓那些奴隸搬運貨物！」

「是，這就照辦！喂，你們快點！把貨物抬起來！」

「嗚嗚……」

「啊啊……」

「還不給我快點，一群低能的東西！」

哇啊～～敗類耶，那邊有個人類中的敗類。

矮子男用鞭子抽打奴隸，想命令他們揹起沉重貨物。

光是看著都讓我開始不爽了。

「動作快！牠、牠要來了！」

牠？到底是什麼在追他們？

不久，讓他們慌張的原因現身了。

「噫咿咿！來了！」

「咕嚕嚕嚕……」

那是一隻有著兩顆頭的熊類魔獸。

第二章 劍與少女邂逅了

奴隸商人與奴隸慌成一團。

有著兩顆頭的熊，追趕在他們之後出現了。

情況大概就是奴隸商人的馬車在森林遭到魔獸襲擊吧。

奴隸商人與他的部下，急著讓奴隸揹起一部分貨物。

然後他們又對其他奴隸下令：

「奴隸們，拖住那隻怪物的腳步！」

八成是想趁這個機會，就他們幾個自己開溜吧。

奴隸們手邊沒有武器，所謂的拖延腳步，就是讓他們去被魔獸咬死，以爭取時間。這點奴隸們應該也很清楚。

然而，轉身就想逃的奴隸們頓時停住腳步，一齊往熊衝去。

「不要啊〜〜！」

「我不想死！」

奴隸們一邊慘叫，一邊被熊類魔獸一個個殺死。

看到他們的反應讓我知道，他們似乎無法違背奴隸商人的命令，是不是被魔術或是其他手段束縛了？奴隸們都戴著同一種項圈，大概是它帶來的效果吧。我能從那項圈感覺出些許魔力，若不是這裡是魔力吸收地帶，應該能感覺得更清楚……

魔力吸收現象不會對體內產生作用，因此干涉不到項圈的強制力。況且要是吸收現象有那麼強大，我的所有魔力早就被吸乾了吧。

「咕嚕喔喔！」

「嘎啊啊！」

男奴隸胴體慘遭一記橫掃，整個人飛了出去。

才不過一擊，只是被前腳掃開而已，男子的上半身與下半身就分家了。

雖說是低等魔獸，但也不是不需要半點裝備就能對抗的對手。奴隸們面對魔獸這種凶蠻化身，實在軟弱無力。

再這樣下去，用不了幾分鐘奴隸就會全數喪命。

雖然很可憐，但我無能為力。

畢竟我連聲音都叫不出來。

敗類商人都要跑了，我也只能眼睜睜地看著。

可惡！至少要是有人能把我拔出來就好了。

「咕喔喔喔喔喔！」

「咕啊！」

好耶，熊衝過去把奴隸商人的部下撞飛了，活該！

只要能救那些奴隸就好，有沒有什麼辦法啊？
正在這樣想時，一個人影突然出現在我面前。
是一名奴隸少女。
這個少女想必受到了剛才死掉的部下命令，但那傢伙被熊殺了，命令得以解除，少女才會獲得行動自由。
雖然她的臉蛋髒兮兮的，一片烏漆墨黑，但五官倒是很端正。
然而我的視線既不是盯著少女的臉，也不是有點骯髒的穿著，或是一頭亂髮，而是頭髮的上面。
有耳朵，是貓耳！
少女的頭頂上，附著一對獸耳！她是獸人。
是絨毛獸耳大神啊！
我一瞬間竟忘了現場的慘狀，不禁感動萬分。因為這可是世界之寶，貓耳大神耶！怎麼可能不感動啊。
啊啊，真難受！不能出聲叫她讓我急死了！
少女啊，把我拔出來吧。然後，讓我搓揉妳的絨毛貓耳！不，等等喔。我身體是劍，要怎麼摸貓毛啊？用念動？不對不對，反正我有觸覺，只要用刀身的劍脊那邊輕輕碰一下——
我還在想東想西時，少女過來抓住了我，然後手心使力。
主人要她死，她卻拚命求生。在這種絕望的狀況下，她仍不放棄自己的生命。若是能讓這樣堅強的女孩來用我，該有多好啊。

『……！』

少女的手掌使出更大力氣。

就是這樣！把我拔出來吧！

然而我似乎比想像中刺進地面刺得更緊，糟糕的是土質又是黏土，彷彿纏住了刀身，感覺似乎沒那麼容易拔出來。

少女看起來大概十二三歲吧。看她那身消瘦的體型，就知道人家給她吃得多隨便。

少女如此柔弱的臂力，遲遲無法把我拔出來。

加油！拜託要加油啊！不對，後面有東西來了！

不知不覺間，那隻熊慢吞吞地來到了少女身邊。

其他奴隸呢？看來是不行了……遭到殘殺的可憐奴隸的一具具遺體，映入我的視野。

只剩下少女一個人了。

『把我拔出來！』

「有聲音？」

『妳、妳聽得見我的聲音嗎？』

「你是誰？」

『我是劍，就是妳正在拔的劍。』

「……嚇我一跳。」

『看起來完全沒有嚇到的樣子……』

「有。」

『先別說這了，熊來了！快把我拔出來吧！少女啊！』

看來即使身處此地，只要是碰觸著的狀態，就能進行心靈感應。而少女似乎是面無表情&沉默寡言型的個性，我不討厭這種類型喔。

不過現在先處理熊再說！

少女一邊低吟著，卯足了全力。

嘶嘶。

『拉動一點了！』

「嗯——」

『加油！』

嘶嘶嘶。

『就快了！』

「唔唔……」

嘶啵！

『拔出來了！』

「好漂亮的劍。」

『謝啦！不過，現在不是欣賞我的時候！』

「說得對。」

『妳能打嗎？』

「會一點。」

我確認了一下少女的能力值。

名稱：無　年齡：12歲

種族：獸人・黑貓族

職業：無

狀態：奴隸

Lv：3

生命：19　魔力：10　臂力：9　敏捷：16

技能：劍術1、夜眼、剝取高手、方向感

真的只會一點耶！不過別擔心。

『把我裝備起來！』

「已經裝備了。」

『心情要更強烈，心裡默念著裝備我！』

「我知道了。」

〈已登錄無名者為裝備者。〉

很好，這下子我所擁有的技能共享，終於第一次能發揮功效了。

〈無名者已獲得多種稱號。〉

『咦？怎麼突然就有稱號？』

鑑定……可以鑑定呢。

少女獲得的稱號有：火術師、料理王、解體王、技能收藏家這四種。似乎只要技能等級達到10，就能得到相關的稱號。每種稱號都有提升技能效果的恩惠，例如技能收藏家好像能提高獲得熟練度的效率。

不過這個現在就先別管了，反正又不是立刻能派上用場。

『打吧，我認為妳辦得到。』

「嗯。」

『妳要告訴自己「我會打倒牠」。然後相信自己的感覺，揮劍就對了！』

能力上的不足，劍術技能應該能彌補。

對手是低等魔獸。

都得到劍術7了，不可能會輸。況且除此之外，還有能力值上升的效果。

「……好，我知道了。」

『很好，乖孩子。』

「……我要上了！」

少女的身手，只能用優美二字形容。她以精通劍術的武者身手接近熊，接著一劍挺出，準確地刺穿了心臟。就跟戳豆腐一樣，一點抵抗都沒有。

「咦？」

『怎麼樣？辦到了吧？』

「……是劍幫我的？」

『對啊，妳得感謝我喔。』

「嗯，謝謝你。」

少女如此說完，才想暫且把我放在地上，害我急忙阻止少女：

『且慢！拜託不要把我放在地上！』

「？」

『這裡的地面會害我動彈不得，所以麻煩妳暫時拿著我。』

「嗯……？」

『不方便嗎？』

「我想……可能會被拿走。」

『被奴隸商人拿走？』

「嗯。」

我可不希望那樣，好不容易才發現了絨毛獸耳少女，我想讓這個女生來用我！要是被商人拿走，搞不好會被賣給奇怪的收藏家。而且我是魔劍這件事要是穿幫，然後慘遭封印什麼的，屆時會比待在這裡更慘，那才叫作地獄。

『是說，妳逃不掉嗎？』

「沒辦法，這個項圈害我無法反抗他們。」

『所以這應該是魔道具了。』

「這叫奴隸項圈，戴上它，不管受到什麼命令都無法反抗。我試過幾次想殺了他們，但都失敗了。」

『妳說殺了他們，是指奴隸商人嗎？』

「嗯。我想殺了他們，然後逃走。」

哦哦，真是個超乎我想像的飢渴&危險少女。不過，我不討厭這一型。

『但是因為有項圈，所以害妳失敗了？』

「嗯。」

我正在跟少女說話時，看到一個男的從森林對面跑了過來。

是奴隸商人。

「只有一隻活下來啊！而且甕子都摔破了！真是損失慘重，混帳！」

那人對於奴隸與部下之死毫無哀悼之意，反而是損壞的貨物比較令他難過。哎呀～～能夠渣到這種地步，反而讓人佩服啊。

「……」

「是妳打倒雙頭熊的嗎？」

「是的。」
「妳是怎麼辦到的……那把劍是哪來的？」
「撿到的。」
「喂，拿來給我。」
「……嗯。」
「妳這是什麼眼神啊？哼！」
「啊嗚……對不起。」
真的假的啊，這男的冷不防給了少女一巴掌耶。
「嘖！一隻畜牲，敢用這種陰森的眼神瞪我？」
「啊嗚！」
又打人了！而且好像打得很習慣。
商人硬是從蜷縮的少女手中搶走了我。
「哦，真是把漂亮的劍啊，搞不好能彌補這次的損失喔。」
男子絲毫不理會痛得呻吟的少女，開始對我做鑑定。
「喂，畜牲，把能用的商品揹一揹。揹好就出發，我們要去城鎮。」
奴隸項圈害得少女無法反抗男子說的話，她拖著應該還很痛的身子，搖搖晃晃地站了起來。
這個男的……真讓人火大，快把我氣死了，應該說殺意就快突破極限了。
可惡！要不是這裡是魔力吸收地帶，看我要不馬上宰了這傢伙！

「喀噗？」

我一邊這麼想就試著用了念動，結果竟然能用耶。哎呀。

沒有啦，好像是只要離開地面，魔力吸收效果就會減弱一點的樣子。

刺在地面上時，魔力一瞬間就被吸走了，但現在的話有大約一秒的緩衝時間。

我一邊想著「好想宰了奴隸商人喔～～」一邊狠狠使用念動，結果我就猛地飛了出去，完全插進了奴隸商人的臉孔裡，把頭蓋骨也擊碎了，讓他腦漿四溢。

咦？我把他殺了？

嗯——是因為對方是人渣嗎？還是因為我是一把劍？完全沒產生半點罪惡感之類的耶，感覺第一次殺死哥布林時，良心還比較有那麼一點不安。

『呃——接下來該怎麼辦呢？』

「嗯？」

『首先確認一下狀況好了，冷靜下來。』

「我很冷靜。」

『妳是太冷靜了。』

看來這女生比我想像的還要我行我素，我有預感她會成為大人物。

『所以說，妳已經成為我的裝備者了。』

「成為裝備者了。」

『我基本上算是類似魔劍的存在，所以還挺強的……應該啦。』

「嗯。」

『所以，我是希望今後妳能繼續使用我。我希望妳拿我當武器，別把我收起來擺著。妳有意願使用我嗎？換句話說，我的意思是妳有意願使用我，跟魔獸之類的打鬥嗎？』

我實在不能強迫這個少女去過那樣的生活。

她是我的第一位裝備者，我是希望能由這個女孩使用我，不過如果她說不要，那我就放棄。

「有，很有意願。」

回答得好快。她把我舉向天空緊緊握住，那副身姿甚至可以說英氣凜然。

「我會變強，絕對會。」

不知道她有著什麼樣的隱情，總之看起來相當有幹勁。

『妳是不是有什麼目標？』

「我要突破瓶頸。」

『瓶頸？什麼意思？』

一問之下，才知道獸人似乎就像魔獸，是會進化的種族。

每個種族各有不同的進化條件，成功進化者在獸人當中會受到尊敬、景仰。

只不過，大多數的獸人窮盡一生都無法進化。

可見進化是多麼艱難的一件事。

而且聽說少女隸屬的黑貓族過去從未有人能進化，在獸人族當中被當成下等人看待。

少女的雙親也為了進化而一直苦撐，最後在冒險之中喪命了。之後留下孤苦無依的少女被奴隸商人看中，就這樣落入商人手裡。

少女說她要繼承雙親的遺志，以成功進化為目標。

『嗯嗯，真是一段佳話啊！我喜歡！我絕對要讓妳進化！』

「真的？」

『當然！首先我要嚴格鍛鍊妳，讓妳變強。然後我們去地下城練Lv，準備進化！』

「謝謝。」

『別客氣！裝備者與劍又不是外人！呃——對了，妳叫什麼名字？』

還沒問她的名字呢，她可是我的寶貝裝備者。

然而，少女的回答跟我猜想的差不多。

「我沒有名字。」

『果然跟我想的一樣沒有名字？』

「沒有。」

名稱欄位是寫著「無」沒錯，但沒想到真的沒名字。

『為什麼？』

我覺得既然有父母，不至於沒有名字吧。

「締結奴隸契約後，名字會消失。」

『嗯——？什麼意思？』

「有些新主人會想自己取名字，所以名字會被刪掉。」

原來如此，所以是利用契約，禁止奴隸報上自己的名字就對了？感覺好像被湯〇婆拿走名字的千〇喔。

「我八歲時被抓去當奴隸，名字就沒了。」

也就是說她當了四年之久的奴隸，還沒失去達成目標的志氣。可以想像她一定過得很苦，卻還這麼堅強，讓我有點尊敬起她了呢。

『這樣啊……那麼，妳原本的名字是？』

「芙蘭。」

跟我以前養的狗同名耶，不過好吧，反正我叫起來也順口。

『嗯——那麼，妳的名字就叫芙蘭吧。』

「可以嗎？」

『不方便嗎？』

「不會，不會不方便。我叫芙蘭。」

看來她其實很高興，尾巴豎得直直的不住點頭。

這下叫起來方便多了。

然而，芙蘭接下來冒出的一句話，使我不禁困惑。

「你叫什麼名字？」

『咦？我嗎？』

「對。」

自從轉生以來，我從沒跟任何人講過話，所以沒煩惱過這個問題，經她一說我才想到自己沒有名字。我竟然完全沒注意到，真是有夠呆的。

而且我還沒想起生前的名字，看看能力值，名稱還是寫著不明。

可惡！要是早點想到，就可以先想個帥氣名字的說！

『呃——……』

「你沒有名字嗎？」

『是的。』

「那麼，我來幫你取。」

好吧，這樣也行，畢竟她是裝備者嘛。

如果能讓芙蘭用她喜歡的名字叫我，她應該會對我更有感情。

我對名字沒有執著，隨她喜歡怎麼叫吧。

「嗯——……？」

『好緊張喔……』

「唔——……？」

『但也很期待……』

「唔唔……決定好了。」

『哦！這樣啊！所以呢？叫什麼？』

「師父。」

『啊？』

「師父。」

『為什麼？』

「你說過會鍛鍊我，所以是師父。」

『啊——沒有其他候補了？就這一個選擇？』

「沒有了，請多指教，師父。」

〈名稱已設定為師父。〉

哇啊——！播報員降臨了！不會吧，就確定叫師父？真的假的？

「不喜歡？」

雖然她還是一樣面無表情，但神色有稍許不安，雖然只有一絲絲。

她一露出這種表情，我怎麼好意思說不喜歡！

『我沒有不喜歡啊！真是個好名字呢——！』

「嗯。」

事情就是這樣，我的名字從此決定叫師父。總覺得以一把劍來說，似乎有點怪怪的，不過我說服自己只要芙蘭喜歡就好。

『那麼，接下來該怎麼辦呢？說到底，奴隸商人是死了，但契約會怎麼樣？有沒有解除？』

「沒有，因為項圈沒掉。」

芙蘭指指項圈。

看來得設法處理項圈才行。

『不能弄壞嗎？』

「嗯，弄壞會死。」

『咦？真的假的？』

「真的。」

喔喔，真不妙，原本還想說割割看呢。

『要怎麼做才能解除契約？』

「撕掉契約書就行了。」

『契約書啊，會不會在這傢伙身上？』

「嗯，我找找看。」

芙蘭開始在奴隸商人的屍體上翻翻找找。

這下子要是到處都找不到該怎麼辦？比方說藏在其他地方之類。

不過，似乎是我杞人憂天了。

「找到了。」

芙蘭從商人懷中拿出一疊羊皮紙，其中一張就是芙蘭的契約書。

這張髒髒的羊皮紙，就是將芙蘭貶低為奴隸的元凶是吧。

只要把這張紙處理掉，芙蘭就能重獲自由了。

『撕毀它！這種爛東西！』

「嗯！」

芙蘭捏緊羊皮紙，並開始加重力道。

但怎麼撕都不破。

芙蘭一次又一次加重力道，然而憑她的力量似乎撕不破。

「……不行。」

『那就一刀切成兩半吧，妳把契約書放在地上試試看。』

「嗯。」

芙蘭將我舉高，準備揮刀下劈。

然後，她使勁往下一砍。

『好耶！成功了！』

只見契約書被砍成兩半，緊接著……

乒、啷！

奴隸項圈自然而然地鬆開。

「項圈掉了。」

『哦哦！身體還好嗎？』

「放心，沒有問題。」

從奴隸項圈上已感覺不到任何魔力，看來契約真的解除了。

「謝謝。」

哦哦，貓耳大神的靦腆表情！真是大飽眼福。

不過啊，她真的好可愛喔。仔細一看會發現是個美少女，等到長大了，身邊一定很多人獻殷勤吧。

不行，我可不允許。想跟芙蘭交往的傢伙，得先過我這一關！

「這個。」

我正一個人熱血沸騰時，芙蘭撿起了某個東西。

是奴隸商人拿在手上的行李袋。

『裡面裝了什麼嗎？』

我看看裡面，原來如此，裝了不少東西呢。

首先是幾枚錢幣，我不清楚這個世界的貨幣單位，因此不知道這些錢有多少價值，總之好像是銀幣與銅幣，所以價值應該不會太高。

其他就是幾種道具，令我驚訝的是，它們似乎是魔道具。

看起來好像是可以發出亮光的火把魔道具、能製造飲用水的小水壺，以及能提升些許臂力的手環等等。

雖然效果不怎麼樣，但還真有趣。我很想請芙蘭實際試用給我看，只可惜魔道具在這裡無法啟動。

我待在這裡也靜不下心，總之先讓芙蘭離開這個魔力吸收地帶好了。

『不知道魔力吸收地帶延伸到多遠，先走出森林再說吧。』

「知道了。」

我們從馬車拿走了小刀、廚具與衣物等有價值的物品，然後上路。當然熊已經收拾得好好的，只需發動一下次元收納，一瞬間就收好了。

我請芙蘭拿馬車車篷包好刀身，用矮子男的腰帶繫在芙蘭背後。

芙蘭個子嬌小，我只差一點就要在地上拖了，得麻煩她留心才行。

附帶一提，芙蘭從原本纏在身上的單薄破布，換上了馬車裡的粗陋衣服。本來怎麼看都像個奴隸，現在像是流浪兒，應該有好一點吧。

『那麼，我們走吧。』

「嗯。」

裝備了我的效果，使得芙蘭的體能得到大幅強化，這似乎讓芙蘭相當驚訝。

後來，不到半小時我們就順利走出森林，令芙蘭目瞪口呆。

「好厲害，師父好厲害。」

『哈哈哈，厲害吧？』

「嗯。」

『好了，接下來怎麼辦呢？妳知道有什麼地方可以去嗎？』

「嗯——有個城鎮。」

『在這附近？』

「在那邊。」

『只說那邊……妳不知道正確的距離之類的？』

「不知道耶。」

看來她好像是偶然聽奴隸商人他們說過，要往東邊前進。由於芙蘭有方向感技能，因此大致知道他們是從哪個方位走來的。結果就得出了「那邊」這個有夠籠統的回答。

『那就先往那邊走吧。』

在事情的自然發展下，我們就這麼啟程了。

前往城鎮的路上我注意到一件事，就是我讓鑑定升等收到了效果，似乎使我自己的能力值畫面也多少起了變化。

首先，畫面新增了魔力傳導率這個謎樣項目。

我問過芙蘭，但她也說沒聽過。

傳導魔力的效率？到底什麼意思？

我的傳導率是Ａ，也不知道這樣是好是壞。

再來，是技能顯示方式的變更。

現在變得可以依技能的種類排序，看起來清楚多了。

此外，讓火魔術等技能封頂似乎成了觸發因子，而使得獎勵欄新增了項目。

項目名稱為「技能超越化」。

這項獎勵可將達到１０級的技能，變更為名叫「超越技能」的特殊技能。不過相對地，這項技能將不再屬於安裝技能，而變成我專用的技能，無法與芙蘭共享。

而且這項獎勵需要消耗自我進化點數多達１０點，因此必須謹慎做選擇。

一路上，我也將自己的事情告訴了芙蘭。我並不打算瞞著她，況且也得跟她事先套好招，以免被其他傢伙看穿。

我告訴芙蘭我以前是人類，會吸收魔石成長，還具有技能共享以及提升裝備者能力值的能力等等。

「魔石……」

『對啊，不過我才剛升級，還有很長一段路要走就是。』

「嗯。」

『啊，喂，妳幹嘛啊？』

「嗯。」

鏗鏗。

芙蘭把半路上打倒牙鼠獲得的魔石，摁在我的刀身上。意思大概是想讓我吸收吧，只是動作相當粗魯。

『且慢且慢！我得砍壞魔石才能吸收啦！把它抵在刀刃上！』

「這樣？」

『對對。』

「真的吸收了。」

『我就是用這種方式逐漸變強的，所以我們旅途中要積極狩獵魔獸，況且素材應該可以拿去變賣。』

「嗯，了解。」

後來我們做了心靈感應的實驗，因為這是我遇見芙蘭之後，才第一次使用的技能，所以有很多地方不太了解。

使用技能後，感覺就像製造出可互相進行心靈感應的場域。只要將這個場域縮窄到只與芙蘭相連，就能像紙杯傳聲筒那樣只讓我們通話。除此之外，如果將場域往周遭擴展，應該能讓許多人同時接收到我的聲音。我們抓了兔子來做實驗，證實芙蘭聽見我聲音的同時，兔子也對我的心靈感應做出了反應。

只不過，兔子似乎聽不見芙蘭的心靈感應。這也就是說縱然待在我的心靈感應場域裡，恐怕也不是我以外的所有人都能用心靈感應交談。所以這項技能終究只能用來與我進行心靈感應。

到這裡的一路上，我們一切順利，沒遇到任何問題。

看樣子平原果然是特殊環境，森林外的魔獸並不怎麼強，頂多只有區域2的水準。

至於三餐都是交給我來處理。

之前失心瘋提升的料理技能，現在能好好發揮一下了。只要使用念動，我就能正常運用廚具，也能抓住食材。至於切菜削皮，對我這把劍來說不過是小事一樁。火或水可以用魔術輕鬆變出來。

食材是放在次元收納空間裡保存的魔獸。也許多虧我有料理技能，用看的就知道這隻魔獸能不能吃。

芙蘭跟我共享相同技能，所以應該也會煮飯，不過……

我想料理還是我來負責好了，這也是監護人的職責之一。

為了慎重起見，我還裝備了毒素抗性等技能，也不忘裝備吸收強化、消化強化、捕食等進食相關的技能。捕食技能可以攝取吃下的食物，獲得其力量。雖不知道有多少效果，裝備起來總是不吃虧。

目前芙蘭的能力值就像這樣。附帶一提，技能只列出沒跟安裝技能重複的部分。

名稱：芙蘭　年齡：12歲
種族：獸人・黑貓族
職業：無
Lv：3
生命：39　魔力：25　臂力：24　敏捷：46
技能：劍術1、夜眼、剝取高手、方向感
稱號：解體王、技能收藏家、火術師、料理王

以能力值來說，比哥布林強多了。

搞不好能跟區域3的魔獸，或是邪惡哥布林平分秋色。

不過這是因為藉由不久之前取得的裝備者能力值上升【中】提升了各種數值，而且臂力上升【小】等技能也發揮了效果。

等級才3就有這種實力，我覺得算很犯規了。如果是對抗低等魔獸，想必不成問題。

安裝技能我會看情況替換，不過劍術、火魔術或能力值上升系應該確定常備了。替換安裝技能也替換得越來越熟練，熟到現在就算在戰鬥中都能替換技能。

問題是手頭的錢。

這個世界的金錢單位似乎是全世界通用，叫作戈德。但我們從奴隸商人身上得到的硬幣只有兩枚銀幣與二十四枚銅幣，一共兩百二十四戈德。芙蘭說，這點錢能不能在旅店住一晚好像都有問題。

之所以說「好像」，是因為芙蘭對市場行情也不那麼熟悉，似乎只是知道一點皮毛。

首先得弄點錢來才行，要用錢湊齊防具或探索必需品。

基本上還算有辦法可想，就是我收在次元收納空間裡的魔獸死屍。

根據芙蘭的說法，冒險者的主要收入來源，好像就是從魔獸身上取得素材拿去賣。只要賣掉收納空間內的素材，應該能換到一點錢。

因此在拿去賣掉之前，我們打算先仔細解體，揀選出好賣的素材。

只不過，讓芙蘭這麼個小女孩拿著一大堆高等魔獸的素材去店裡，可能會引人側目，因此我打算先從不太強悍的魔獸素材賣起。

不過好吧，這些都得等抵達城鎮再說就是了。

『好，完成了。』

我們現在正在露營，芙蘭在肢解魔獸做成素材。

我剛剛才知道，原來只要登錄為裝備者，就算分處兩地也能共享技能，能力值上升效果也完全沒少。因此即使我們隔了段距離，芙蘭還是能使用解體技能。

芙蘭一手握著小刀，勤快地肢解躺在地上的魔獸屍體。

為了不讓血腥味把魔獸吸引過來，我們用淨化魔術張開了除臭結界。這個結界也是芙蘭自己設置的，看來才剛獲得魔術技能，她已經用得很上手了。

我正在為芙蘭準備餐點，使用從奴隸商人的馬車上拿來的鍋子、食材與魔獸肉，煮了燉肉。我還添加了半路上採來的藥草，所以營養也夠豐富。不只如此，因為我是料理10，所以味道也無可挑剔——應該吧，不能品嚐味道真是太遺憾啦。

今後基本上應該也是這樣分擔工作。

我負責準備三餐或是站崗，芙蘭負責解體。

魔石我吃，其他部位由芙蘭賣掉或吃掉。

『芙蘭，飯煮好嘍。』

「嗯。」

『要用水洗手喔。』

「——創水術。」

芙蘭自己變出水來，嘩啦嘩啦地洗手，魔力方面不成問題。

身為裝備者，芙蘭可以運用我保有的魔力，水要多少有多少。

『解體完了嗎？』

「大致上，不過，只有那個我沒辦法。」

『喔，烏龜啊。』

在芙蘭的視線前方，轟擊砲龜的屍體穩穩地躺在那裡。即使解體技能有等級１０，看來憑著一把普通小刀，還是拆不了那麼硬的龜殼。

好吧，無可厚非，畢竟是高等魔獸嘛。

昨天肢解暴君劍齒虎也沒成功，主要都是工具問題。

『看樣子今天又輪到我出場了。』

「麻煩你了。」

『好，包在我身上，芙蘭妳去吃飯沒關係。』

「嗯，謝謝。」

好了，在芙蘭吃完之前，趕快把魔獸肢解掉吧。

跟芙蘭相遇後，到了第三天。

我們一直在徒步前往城鎮。

為了不讓別人看見，我包在車篷裡，讓芙蘭揹著。畢竟要是被人瞧見我輕飄飄浮在空中，那可是百口莫辯。

『我說啊，城鎮要進去就能進去嗎？』

「嗯？」

『不是，我是說不需要通行費，或是身分證嗎？』

「不知道。」

芙蘭輕輕搖頭。真可愛——

不對不對，現在不是在說這個。

畢竟芙蘭以前是奴隸，想必沒自己辦過手續進城。但也因為如此，使得我們手上沒有半點情報。

『要是能遇到個人，或許還能打聽到情報的說。』

這三天以來，我們連一點人的蹤跡都沒看到。

這是為什麼？不要說行商或旅客，連土匪什麼的都沒出現。

「因為這裡不算道路。」

『咦？什麼意思？』

「這附近偏離了城鎮間的道路。」

奴隸商人似乎為了節省時間，而穿越魔獸頻繁出沒的危險區域趕路。

結果遭到魔獸襲擊全滅，只能說節哀了。

他們自己死掉就算了，竟然還拖奴隸們下水。

『咦？有道路之類的嗎？』

這也難怪，在魔獸出沒的原野，人類當然不會經常出現。

『在哪邊？』

「我想繼續走應該就會到了。」

『希望如此。』

「沒問題的，我想。」

於是我們繼續前進，走了四小時。

途中我們一邊獵捕了兔子等動物，還討論了自我進化點數要用在哪裡，一邊悠哉漫步。

我們想過可以提升技能等級，也考慮過可以取得能力值上升技能，出了許多主意，不過最後我們決定取得「鑑定遮蔽」與「記憶體增加【中】」。

鑑定遮蔽技能正如其名，能夠防止被別人鑑定。照芙蘭的說法，會說話的劍似乎很稀奇。算是為了迴避今後的風波，我們取得了這項技能。

記憶體增加【中】能夠增加可安裝的技能，好處很大。因為我們的強項之一，就是技能豐富多彩嘛。可安裝的技能增加就直接等於強化戰力，這是一定要取得的。

我們就這樣一邊討論哪個好，一邊前行，不久就在前方發現期盼已久的道路。

『好耶，有路了！』

那條路只是削平地面、拔除雜草而成的，比山中野獸走的路好不到哪去。不過長年旅客往來將地面踏得堅固平坦，而且留下了清晰可辨的車輪軌跡。不會錯，的確是一條人走的路。

我們仰賴芙蘭的方向感，邁步往可能有城鎮的方向前進。

「唔，有生物的反應。」

『不太像是人呢。』

憑著氣息察知技能，我們能大致感覺出對方的大小或動作。這種氣息我感覺過很多次了，八成是哥布林。

「要獵殺嗎？」

『獵殺一下好了，素材說不定可以賣，而且還能吸收魔石。』

「了解。」

芙蘭點了個頭後，就衝出道路外跑了起來。

她已經將腿力上升技能等運用得靈活自如，如風一般跑過樹木之間。

「找到了。」

哥布林們藏身於道路旁生長的樹叢裡，大概是在埋伏，等著襲擊道路行人吧。

數量有三隻。

芙蘭消除氣息，一路繞到哥布林們的後面，然後無聲無息地從背後襲擊牠們。

「呼！」

「唧？」

一隻哥布林被芙蘭從背後一劍砍下，搖搖晃晃地不支倒地。

「哈！」

她隨即掉轉刀頭，劈死其餘兩隻。她技能越用越熟練，出招速度也變快了。

哥布林們想必連自己怎麼死的都不知道。

第一隻的屍體還沒倒地，戰鬥就結束了。

「師父，再來就麻煩你了。」

『好，包在我身上。』

吸收了魔石後，我切下哥布林的犄角，聽說這個可以當成素材。芙蘭好像是在很久以前，聽說過這方面的事。

我把剩下的屍體扔進次元收納空間擺著。若是擱在道路附近引來大型魔獸，那可不好。

「師父，那邊也有哥布林。」

『又來了啊。』

「怎麼辦？」

『反正我們要往那邊走，就殺一殺好了。』

「嗯。」

芙蘭再度跑向前去，然而前方發生的場面，卻是我們始料未及的。

「可惡！給我滾開，你們這些哥布林！」

「唧咿唧唧！」

「咯嚕嚕啊！」

有一輛馬車遭到哥布林們襲擊。

哥布林總共六隻，相較之下，馬車上似乎只坐了一個人。

『又是哥布林啊。』

「我去救人。」

『好，加油喔。』

芙蘭再次消除氣息，從背後發動奇襲。

她以劍技「三重猛攻」斬殺三隻哥布林。這招劍技是三連擊，因此威力較弱，不過用來對付哥布林綽綽有餘。

「得、得救了！」

「唧咿！」

「吵死了。」

哥布林們對突然出現的芙蘭發出威嚇聲，但芙蘭毫不留情，刷刷刷地砍死牠們。

剩下一隻轉身背對我們想逃，然而芙蘭把我扔了過去，給了牠致命一擊。

多虧有投擲技能，劍身準確貫穿了腹部。我本來打算如果丟偏了，就由我修正方向，結果沒這個必要。

「謝、謝謝妳，小妹妹，妳救了我一命。」

「嗯。」

「不過妳好有本事啊，妳一個人嗎？」

「……」

「呃不，如果妳不想說的話，不說沒關係。」

其實芙蘭只是不愛說話罷了，不過對方看到她的態度，似乎誤以為她是不想提。

事實上這樣也好，我不想隨便提供個人情報。我以心靈感應指示芙蘭繼續讓對方誤會下去。

（知道了。）

「是這樣的，如果妳不嫌棄，要不要搭我的馬車？妳是要去亞壘沙吧？」

他所說的亞壘沙，似乎就是我們要去的城鎮。

不過這個男的，看起來像個軟腳蝦，想不到還挺會占便宜的。

嘴上說是好意讓我們搭馬車，其實是以此還清我們打倒哥布林解救他的恩情，還能順便得到保鑣。

不過我們也想要情報，所以就接受了他的提議。但我說啊，救命的恩情可是很重的呢。

我指示芙蘭說話：

「我可以保護你到城鎮喔。」

「啊，喔，這樣啊。」

哼哼，他苦笑了。

「只要你提供我想要的情報，我可以不收你護衛的費用。」

「哈哈哈哈，妳真有意思，我欣賞妳！妳就坐上來吧。」

「嗯。」

「我叫藍德爾，妳呢？」

「芙蘭。」

「那一路上請多關照嘍，芙蘭小姐。」

搭乘馬車前，我們不忘割下哥布林的犄角。

我們馬上向男子問了一下，只不過提問的人是芙蘭。

「哥布林的犄角好賣嗎？」

「哥布林的犄角啊——不值錢呢。雖然勉強能當成魔力觸媒，但品質太差了。」

什麼嘛，原來是這樣啊。虧我還麻煩芙蘭割下來，白費功夫了。

然而藍德爾繼續說：

「不過，因為公會建議一發現邪人就加以撲滅，所以只要拿去冒險者公會，應該可以領到酬勞。」

我看過鑑定的解說，上面也寫著建議撲滅。

仔細想想，那段解說還真是隨便他們寫。

因為解說內容很明顯出自與哥布林敵對的立場，而且真要說起來，那段解說是誰寫的？神嗎？如果是的話，那八成是邪神毀滅軍那一邊的神吧。畢竟文字內容超偏頗的，還明確地寫說牠們很邪惡。

換作哥布林的立場，搞不好牠們也有牠們的正義，覺得人類才叫邪惡。

不過就算是這樣，我也沒有意見。因為我都殺了那麼多哥布林了，要是那段解說寫著「其實牠們秉性善良好相處，只是長得可怕而已」那真的會產生罪惡感。正因為上面寫著邪惡二字，才能拿來為自己脫罪，甚至還增進了狩獵效率。

不過說不定這就是說明文撰寫者的目的，也許那人想煽動我代為獵殺與他為敵的邪人們。寫那段解說文字的人，是否真為天神？這讓我想起轉生到這世界時，聽到的那個男子的聲音，搞不好那人就是天神。如果是的話，感覺人還不錯，至少聽起來不像要騙我或操控我。不，也許這就是他的計謀？不不，可是…………

啊——不想這些了啦，在沒有情報的狀態下胡亂猜疑會沒完沒了。哎，反正目前還沒有害處，就先別想太多了。

「雖說是威脅度G的魔獸，但妳能輕易打倒那麼多哥布林，本領實在了得呢。」

「威脅度？」

初次聽到耶，從前後文判斷，應該是魔獸力量或階級的指標？

「妳沒聽過嗎？」

後來，藍德爾解釋何謂威脅度給我們聽。哎，反正除了閒聊也沒事做，解釋得還滿詳盡的。

冒險者階級

G　初出茅廬，等於是領臨時執照，還不算真正的冒險者。

F　新人，見習，算得上冒險者。

E　算是能獨當一面，可抬頭挺胸自稱為冒險者。

D　中堅，也能當隊伍的隊長。

C　有兩下子的老手，看在一般人眼裡等同於超人。

B　冒險者中的頂級好手，在小型公會的話可能是階級最高的一人。
A　英雄，國內只有幾人。連一般人都聽過名字，吟遊詩人甚至常拿來當歌謠題材。
S　神話級，世上僅有八人。連國王都得向其低頭，能對各冒險者公會的公會長下令。

魔獸的威脅度階級
G　小怪，成年男性就能打贏。例：哥布林、牙鼠。
F　能消滅整支小規模商隊。例：大羆熊、五隻野狼。
E　村莊可能遭到全滅。例：低階飛龍、食人魔。
D　城鎮慘遭全滅的等級。例：低階九頭蛇、轟擊砲龜。
C　大城市將慘遭全滅，需出動騎士團。例：暴君劍齒虎、下級惡魔。
B　國家面臨全滅危機，需全軍出動。例：上級惡魔、上級龍、王級巨人族。
A　大陸遭受全滅威脅。例：惡魔王、王級龍、巫妖。
S　世界規模的危機，神話級的魔獸。例：芬里厄、神級龍。

冒險者階級的判斷標準，似乎是要能夠組隊打倒威脅度與自己階級相同的魔獸，或者是能單槍匹馬打倒威脅度低一級的魔獸。

結果哥布林是屬於最下級。不過聽說牠們如果集體行動，有時會提高威脅度，五隻就算是階級F了。

而芙蘭一個人擊敗了那些哥布林，可見她擁有相當於冒險者階級E的實力。

「不過，竟然會在這種道路上遭到哥布林集團襲擊，以前從沒發生過這種事啊。」

「是這樣啊？」

「嗯，因為這條道路有冒險者定期巡邏。」

冒險者是吧？又聽說還有公會，真是充滿奇幻風格。接下來就要去公會了，真讓人期待。

「如果只是一兩隻哥布林，靠我自己也能趕跑呀。」

附帶一提，藍德爾的能力值大致是這樣。

名稱：藍德爾　年齡：39歲

種族：人類

職業：商人

Lv：13

生命：32　魔力：15　臂力：20　敏捷：22

技能：搬運3、車夫2、交涉2、算術5、買賣6、槍術3、話術2

裝備：卑鐵槍、牛皮護胸、蜘蛛絲外套

好吧，一對一的話應該是不會輸給哥布林，但若是被包圍就有危險了。應該說芙蘭才Lv4，能力值就已超越藍德爾，真是太犯規了。

「總覺得差不多這一個月來，魔獸的活動力變得好強。」
一個月前啊，那時我正在攻略區域5呢。
「為什麼？」
「好像是魔狼平原發生了什麼事喔。」
「魔狼平原？」
「妳沒聽過嗎？從這裡往東走就到了，那裡可是A級魔境呢。」
「很有名嗎？」
「當然。雖然比不上十大魔境，但畢竟是A級嘛。」
所謂的魔境，似乎是指魔獸支配的領域，包括地下城等等。魔境會按照其危險度分成G～S階級，A級是第二高的階級。
比A高的階級，就只有人稱十大魔境的S級可怕場所，因此可以說A級就夠危險了。
所以原來我都在那種地方打獵啊？
經他這麼一說，我也覺得那裡的頭目很強。
只不過有件事令我在意。
「為什麼叫作魔狼平原？」
那個平原幾乎沒有狼型魔獸，西邊的區域頭目還是貓科的呢。
我不明白那裡為何叫作魔狼平原。
「因為傳說很久很久以前，一隻叫作芬里厄的S級魔獸死在那裡。聽說直到現在，芬里厄的魔力都還殘留於平原的中心地帶喔。因此造成那裡有個有趣的特性，就是越往中心走，魔獸就越弱。」

什麼？我還以為是結界，原來是啥芬里厄老兄的魔力啊，而且人家還說牠早已亡故了。

若不是有那個結界，我當時的生活想必過得更艱困，得好好感謝一下芬里厄老兄才行。

只不過我插在那種地方，跟這件事是否有著什麼關係？真讓人在意。

「據說平原中心有處像是祭壇的地點，但沒人知道它的由來。各方人士進行過調查，結果據說到現在還是一無所知喔。」

『咦？我呢？沒有一把劍刺在那裡之類的情報嗎？』

「祭壇有沒有插著劍之類的嗎？」

「劍？不知道耶，沒聽說。」

『唔……本來以為或許能打聽到我的身世，看來沒這麼簡單啊。』

藍德爾知道的就這麼多了，真遺憾。

「魔狼平原周圍是一座會吸收魔力的特殊森林，叫作枯竭森林。」

那個地方也讓我吃到了苦頭，我再也不想進去了。

「多虧有它，魔狼平原的魔獸們無法跑到外面來，但不代表那處平原不會對生活造成任何影響。那裡每隔幾年會發生一次地盤之爭，大型魔獸之間會開戰。」

原來如此，大概就像區域頭目的世代交替吧？

「到了那個時期，住在枯竭森林與周遭地區的魔獸們會感到害怕，而變得極具攻擊性。有時一些魔獸還會畏懼強悍魔獸們的氣息而逃出來，在道路上出沒。所以我才在想，這次會不會也是發生了地盤之爭。」

看來這完全是我害的吧，誰教我把區域頭目全打完了。

也就是說那些戰鬥的餘波，一路波及到這附近了？抱歉啦。

藍德爾說他原本猶豫過是否該沿著道路折返，但如果回去，就會趕不上運貨委託的期限，只好硬著頭皮前進。

哈哈哈，真對不起啊，藍德爾大哥。為了致歉，就不跟你收我原本要設法敲竹槓的護衛費了。沒有啦，真的很抱歉。

坐在藍德爾的馬車上，搖晃了大概兩小時。

「哦，看得到亞壘沙鎮嘍。」

在遙遠那方的山丘上，可以看見像是城牆的建築，聽說是圍繞城鎮的護牆。

雖說看得到，其實還很遠就是了。

我們又在馬車上搖晃了約兩小時，才終於看見城鎮的全貌。

靠近一看還挺大的。

聽藍德爾介紹，這裡似乎是附近一帶最大的城鎮，居民人口有一萬。

還聽說在附近地區，只有亞壘沙鎮有大型的冒險者公會。

說到這裡，讓我想起有件重要的事還沒問。

「城鎮需要多少進城費？」
「喔，三百戈德。」
慘了，錢不夠。
又聽說哥布林的犄角除非拿到冒險者公會，否則賣不了多少錢，這下子該怎麼辦？
順便把其他東西的行情也問一問好了，然後計算出所需經費，為今後做打算。
「旅館住一晚要多少？最便宜的就行了。」
「旅店啊，最低階的旅店差不多兩百戈德吧，當然我是說不附餐。」
套餐平均行情為五十戈德，麵包一個十戈德，便宜的小刀三百戈德，澡堂洗一次澡二十戈德。
大致上好像就是這樣，所以一戈德感覺差不多等於十日圓？
以貨幣來說，一枚銅幣是一戈德，順序是銅幣↓大銅幣↓銀幣↓大銀幣↓金幣↓大金幣，換算方式為每十枚就等於高一級的貨幣。藍德爾說連他也沒看過大金幣。
「把哥布林的犄角拿去公會可以賣多少？」
「兩支一組二十戈德。賣給商人的話，我想一組大概五戈德喔。」
有夠廉價！哥布林有夠廉價！想不到一天得獵到超過十隻，才能賺到住宿費……
不過這下怎麼辦？就算把現在手邊八隻哥布林的犄角全賣給藍德爾，也賺不到三百戈德。
要把在平原打倒收進次元收納空間的魔獸素材賣掉嗎？
我本來是這樣想，但藍德爾說他不能收購。

「因為我經手的商品主要是食品或武具，如果是哥布林的犄角這種便宜又常見的東西還好，但比較專業的估價我做不來。」

真的假的，那該怎麼辦？是否該賤價勉強請他買下？可是，那樣太可惜了……

正在煩惱時，我的探知技能捕捉到新的氣息。

來自道路前方。

我叫藍德爾放慢馬車速度，自己先過去做偵察。

我發現熟面孔哥布林們躲藏在樹叢裡，大概還是老樣子，正在埋伏吧。

芙蘭的劍技加上我的魔術，一瞬間就搞定了。

我們一面從五隻哥布林頭上割下犄角，一面注意到其中一隻身上的劍。

聽說木頭棍棒完全不值錢，但我想劍的話應該能賣點錢。

『真幸運，只要藍德爾願意買下這把劍，說不定能湊到三百戈德。』

我們回去向藍德爾一問，他願意以一百戈德買下，比我想像的還值錢。

「這麼值錢？」

「因為雖然是青銅製，但狀態很好，一定是剛從冒險者身上搶來的。」

運氣真好，這下能進城鎮了。

哥布林的犄角就別賣，繳交給公會好了。

半路上我們又獵到一隻魔獸，請藍德爾買下。

牠叫漆黑蟲，是約有五十公分長的黑色金龜子魔獸，聽說甲殼可以做成新手用的防具。藍德爾說他知道這個的行情，於是用二十戈德買下。

不過魔獸還真廉價啊，雖說是低等魔獸，但就連能當成防具素材的魔獸，竟然都只值二十戈德。這樣還不如挑持有武器的哥布林下手，說不定比較好賺。所以說哥布林這種生物，果然命中注定就是要被我獵殺的。

「嗨，這不是藍德爾嗎，你平安回來啦？」

「是啊，路上遇到了幾次危險就是。」

「這位小妹妹是？」

「路上順便載她一程，麻煩替她辦一下進城手續。」

「了解。妳運氣不錯呢，藍德爾的馬車竟然正好經過。藍德爾挺能打的，路上一定很安心吧？」

聽到門衛大叔這樣說，藍德爾不禁苦笑。實際上是芙蘭擔任保鑣，保護藍德爾就是了。

我們不想太引人注目，所以請藍德爾解釋芙蘭是半路搭他便車的少女旅客。

「那麼，收妳三百戈德。這是臨時進城證，三天之間有效。過了有效期限後，再次進城需要重新付費，這點要注意。」

這件事之前也聽說了，好像只要有正式的居留證或冒險者證照，今後就永久免費。

因此我們必須火速辦一張冒險者證照。

「歡迎來到亞壘沙鎮。」

加入冒險者公會似乎沒有年齡等限制，只是有所謂的適性測驗，必須通過這項測驗才能領取證照。

「那麼，我要回店裡去了。芙蘭小姐是不是馬上要去冒險者公會？」

「嗯。」

「我的店位於西大街旁，有空的話務必來逛逛喔。」

藍德爾只說了這些就離開了。

離去之際，他什麼也沒問。一個不諳世事卻武藝高強，落差如此之大的少女獨自走在城鎮間道路上，怎麼想都不單純。但他直到最後都沒提到這點，真是個好人。

等賺到一筆小錢，就去店裡逛逛好了。況且他半路上好像也提過，他的客層是冒險者。

『那麼，我們走吧。』

「嗯。」

我們照藍德爾告訴我們的路，走向冒險者公會。

嗯——好漂亮的城鎮喔，很有中世紀歐洲城鎮的風情。

真不錯，超有奇幻感。

而且我來到這世界，還是第一次看到這麼多人類，光是這樣就夠讓我心花怒放了。

還有一點讓我更興奮，就是混雜於人類之中走動的各位異種族人士。

像是長著獸耳獸尾的獸人大叔，或是徹底破壞刻板印象的巨乳色精——更正，是精靈大姊。

還有大鬍子矮人或是長有昆蟲般翅膀的老兄，多采多姿的種族走在路上。

在這些人當中，也能零星瞄到幾個冒險者風貌的男性身影。

確認能力值看看，倒是沒有比芙蘭弱的傢伙，不過有不少人跟她實力相當。

而且以技能的等級與數量而言，我們壓倒性勝出。

就我看到的冒險者當中，即使是技能等級最高的人，也不過就是劍術5，可以想見我的劍術7有多異常。

只要能巧妙運用技能，即使遇上能力值比自己高強的對手，也有可能取勝。在平原的戰鬥中，我已經領會到了這一點。

反而應該說能力值的一點差距，比起技能的差距可說毫無意義。

這樣想來，芙蘭步上冒險者這條路，應該不會有問題。

只不過有另一件事，讓我無法不沮喪。

我不小心看到了冒險者裝備的武器性能，結果——

名稱：上等鋼鐵長劍

攻擊力：398　保有魔力：5　耐久值：600

魔力傳導率・F

技能：無

跟我一樣是長劍，攻擊力卻比我高。就算說其他都是我比較強，也一點都安慰不到我。感覺身為一把劍，完全輸給對方了。

更讓我一蹶不振的，是它使用的素材。

上等鋼鐵。

換言之，事實上我不是輸給祕銀或山銅等傳說中的金屬，而是普通的鋼鐵，這點徹底打垮我了。

後來又有許多武器闖入我的眼裡，全都以高攻擊力為傲。

大約每五個人就有一人持有這種武器。

而最慘烈的打擊，就掛在走在我眼前的男子腰上。

名稱：祕銀合金匕首
攻擊力：423　保有魔力：20　耐久值：700
魔力傳導率・D+
技能：無

『哈、哈哈哈哈……』

除了笑還能怎麼辦？

啊啊，原來我是個破銅爛鐵啊，打倒魔獸讓我變得太臭屁了。

原來我這種貨色，不過就是一把會說話又裝飾過多的劍罷了。

「怎麼了？」

『啊啊，芙蘭，我完了。』

「唔？」

我解釋給芙蘭聽。

告訴她我這種貨色要不是有技能，就只是一把隨便找個武器都能贏過我的爛劍罷了。

我一定是有錢人砸錢做出來的炫富劍。

摸摸。

我解釋完後，芙蘭摸了摸我。

『芙蘭……』

「嗯。」

『妳在安慰我這種小角色嗎？』

「師父有技能。」

真是個好女孩啊！

就是啊，就算是一把攻擊力劣於市售刀劍的爛劍，還是能用技能支援裝備者。

應該說我只剩這點價值了。

決定了！我要成為技能王！

不過，還是希望能買把像樣的劍給芙蘭，不要讓她屈就於我這種廢鐵。

雖然現在只能讓她用我，但總有一天我會買把強大的劍給她。
為此我們必須去冒險者公會做登錄，積極工作賺錢！
『好，抱歉害妳擔心了。我已經沒事了，去冒險者公會吧。』
「嗯。」
路上都是我浪費了時間，不過總算抵達了，這裡就是冒險者公會。
『好大間啊。』
那棟建物跟周遭的設施相比，顯得尤其雄偉。
可見冒險者的人數一定也很多。
『叨擾了！』
我中氣十足地喊道，不過沒人聽得見就是了。
室內比想像中還乾淨。
我本來期待會看到像是城邊的簡陋酒館那樣，更具威嚇感的內部裝潢。
結果卻像是中高價位飯店的一樓大廳。
不過也是啦，要是環境太差，想必會影響到公會的風評。
只不過進門的是個十二歲少女，而且是一個人，吸引了相當多人的注目。
我們走向櫃檯時，周圍的冒險者們視線一直跟著我們。
「這裡是冒險者公會，妳是不是……」
「我知道，我想進行登錄。」

「啊，好的，妳一個人嗎？」
「一個人。」
看來即使在這個世界，一個十二歲少女獨自前來登錄成為冒險者，還是一件稀奇事。
如果是個武器防具一應俱全，年僅十二歲但呈現出自小就接受鍛鍊的氛圍，或是態度一副「我在獵人圈子裡可是呼風喚雨喔，怎樣？」的小孩，或許還說得過去。
但芙蘭身上連防具都沒穿。
反而是一身襤褸，恐怕怎麼看都只像個逃亡奴隸。
與這個地方實在是格格不入。
櫃檯小姐恢復成服務人員的態度，解釋給我們聽：
「不是所有人都能登錄的，要經過測驗。」
「嗯。」
「測驗採用實戰形式，妳能接受嗎？」
「能。」
「真的要接受測驗嗎？可能會受傷喔。」
「沒關係。」
「無論發生任何狀況，本公會都無法負責喔。」
「不要緊。」
「這樣啊……我明白了，請稍候片刻。」

大概是知道芙蘭要接受測驗了，冒險者們一片譁然。

雖沒人過來找碴，但氣氛顯得有點排斥我們。

就像是「連這種小孩都敢說要當冒險者，簡直把我們看扁了」的氣氛。

也是啦，換做我站在他們的立場，八成也會有相同感受。

『妳還好嗎，芙蘭？』

「嗯？」

『沒什麼，不懂就算了。』

等了一會兒後，櫃檯小姐回來了。

「久等了，這邊請。」

「嗯。」

櫃檯小姐帶我們前往的地方，是位於公會後面，四面都是牆的開闊場地，聽說是公會的訓練場。

在那訓練場，站著一個粗獷嚴峻的漢子。

身高恐怕有兩公尺以上，而且還穿著滿是尖刺的黑色硬實全身鎧，簡直像世紀末霸王。一旁立著的巨大戰斧，更是令威嚇感倍增。

背後好像都要傳出轟轟轟轟的音效了。

換成一般小朋友，鐵定目光一對上就會哭出來。

畢竟就連應該已經習慣了魔獸威懾的我，都稍微嚇了一跳。

「說想登錄成為冒險者的就是妳嗎？」

唔喔——光是被他一瞪，壓迫感都好重。

「嗯。」

但芙蘭沒有一點害怕的樣子，態度如常。

我家女兒真是個大人物！

「我是考官多納多隆多。」

太多個「多」了吧，好難叫。

「測驗內容很簡單，我要妳跟我過招。妳若是輸得太容易，我可不能算妳合格！」

「知道了。」

「醜話說在前頭，我很不擅長手下留情。我會拿出真本事來，不想受傷的話，現在就立刻離開！」

多納多隆多一喊叫的瞬間，一股驚人壓力迎面壓向我們。

擺明是使用了威懾技能吧？也就是說戰鬥已經開始了？

『好，就打個一場吧！』

「嗯！」

我們在冒險者公會的訓練場，與名叫多納多隆多的大叔相對峙。

好驚人的威嚇感。

我如果還是人類肉身，搞不好已經下跪磕頭求饒了，幸好我是劍。
好啦，來看看是什麼樣的人物吧。

名稱：多納多隆多　年齡：46歲
種族：鬼人
職業：大戰士
Lv：38
生命：246　魔力：133　臂力：198　敏捷：131
技能：威懾4、搬運3、回復速度上升5、危機察知4、教導4、再生5、瞬發6、土魔術2、投擲4、毒素抗性7、伐木3、斧技6、斧術7、咆哮3、起死回生、氣力操作、肌肉鋼體、自動生命回復、臂力上升【小】
裝備：重鍛鋼大斧、黑鐵王龜全身鎧、暴牙虎披風、石龍之鞋、替身手環

老天啊！太強了吧！從能力值來看，我們完全不是對手。
這個老爹光是肉體能力，就比低階飛龍還強耶。
不只如此，連技能都很豐富，又是高Lv。武具也都是高階級的。

名稱：重鍛鋼大斧

攻擊力：650　保有魔力：3　耐久值：650
魔力傳導率：E+

攻擊力650？開什麼玩笑！我才沒有覺得不甘心呢！

而且種族還是鬼人，聽起來好帥氣。

考官這個頭銜不是白當的。

一路上看到的冒險者們，都遠遠不及此人。

這傢伙說會拿出真本事，是認真的嗎？這不是給新手的測驗嗎？

我是覺得若是換成一般新手，應該根本無從還手就輸掉了吧……

好吧，管他的，能打多久是多久。反正人家說打不贏也沒關係，只要展現出實力就行了。

『芙蘭，準備好了嗎？』

「OK。」

「那麼，我要上了！」

下個瞬間，多納多隆多的身影消失了。

然後，芙蘭緊急往旁跳開。

轟隆！

原來是多納多隆多用從那龐大身軀無法想像的速度逼近過來，高舉斧頭狠狠一劈。那把巨斧打穿了訓練場的地面，掀起漫天煙塵。

「哦，躲掉了啊！」

『好險啊──！』

注意到時，他人已經在旁邊，高舉斧頭砍過來了。看地面被挖出一個大洞，就知道威力也是嚇死人。

「哼！」

他繼續往這邊踏出一步，拿斧頭砸向我們。

轟咚！

地面再次被挖出個洞，土石化為飛礫往四處亂射。

芙蘭的瀏海被風壓吹得飄動。

喂喂，剛才這一擊好像很不妙耶！要是擦到一下下，好像都會受重傷。

太過火了吧！有哪個傢伙能通過這種測驗？

『一直逃跑也不是辦法，出手攻擊吧！』

我們不觀望情勢。得在那種可怕攻擊打中之前，拿出最強戰力重擊對手。

我想不用擔心會殺死對手，因為對方比我們強太多了，而且還裝備了替身手環。

這種道具在受到即死攻擊時，能代替裝備者死亡一次。

「喝！」

「哦，還真快啊！」

輕輕鬆鬆就被他用斧頭擋下了。

我偷偷使用補助魔術提高了臂力與敏捷等等，但還是對方比較強。
不過這招可不是我們的主要目的。
多納多隆多正在阻擋芙蘭的連續攻擊時，腳下地面倏然隆起，像觸手般纏住他的下半身。
「唔！竟然不用詠唱！」
嘿嘿，他吃了一驚呢。這也難怪，畢竟芙蘭沒做出半點詠唱咒文的動作嘛。
其實是我偷偷詠唱發動土魔術而已啦。
多納多隆多必須應付芙蘭，無法閃避腳下的魔術。
他要是做出抽身閃躲的動作，就要反遭芙蘭的大招痛擊了。
多納多隆多被拖住腳步，但他竟然只憑上半身的動作，就擋下了芙蘭的攻擊。
不過，這招看你怎麼擋，接招吧。
「三角爆炸。」
「唔喔喔！」
10級火魔術吞沒了多納多隆多。
三個方向同時掀起的爆炸不但難躲，還會剝奪視野。當然，我們只是裝作由芙蘭唱誦魔術，其實這招也是我發動的。
也就是說，芙蘭趁我詠唱的時候，事先累積了劍技所需的力量。
「呼……龍牙突！」
這是劍技7的突刺技，而且還加上振動牙的效果。

多納多隆多被爆炸熱風吹得無法動彈，芙蘭的嬌小身子勇往直前，衝向他的龐大身軀。

大概是察覺到芙蘭這些招式的廬山真面目了。

多納多隆多睜大雙眼，面露驚愕的表情。

「這麼一個少女……竟然會用魔術與劍技的連續攻擊！」

動彈不得的多納多隆多躲不掉攻擊。

「結束了。」

「咕嘎啊啊！」

我刺穿了多納多隆多的側腹，進一步將其龐大身軀震飛出去。

砰——！

他的總重量恐怕少說有兩百公斤，卻被震飛了將近十公尺，撞進訓練場的牆上，半個人都陷進去了。

這招之前只在魔獸身上用過，原來用在人的身上會這樣啊。

不過是不是有點過火了？我是覺得應該沒死啦。

「……嘔噗……！」

太好了，還活著。

多納多隆多雖口吐大量鮮血，但似乎還保有意識。

芙蘭慢慢走向他。

是要為他使用回復魔術嗎？

我看看芙蘭想做什麼，結果她拿著我，劍尖對準多納多隆多的眼睛。

「合格了嗎？」

嗯，很冷靜的判斷。

我也真是的，完全忘了這是場測驗。

「……喀哈、哈……妳合格了。」

「這樣啊。」

這傢伙還能動喔？究竟是有多耐打啊，側腹都被刺穿了耶。

然而沒有理會我的驚愕，多納多隆多離開牆壁，忽然笑了起來。

側腹部的傷口好像已經開始癒合了。

看來他對付我們時相當放水，這傢伙要是拿出真本事，我看我們再怎麼反擊也沒用，一定會被他用斧頭剁成兩段。好吧，反正是測驗，放水是當然的吧。

「哈哈哈哈哈！還是頭一次有新人能把我打成這樣。」

簡直是怪物級的耐打，真的有人能殺死這傢伙嗎？

「多納多隆多先生！」

大概是聽見巨響了，櫃檯小姐跑進訓練場來。

「不是說了不要太亂來──咦？」

喔，我懂了。她是以為這位老爹明明是對付新手，卻玩得太瘋了。

也是啦，誰會認為那陣巨響是芙蘭打飛教官的聲音？

「咦？咦咦？」

櫃檯小姐看見滿身是血的多納多隆多，似乎被嚇得不輕。

測驗結束後，芙蘭在多納多隆多的帶路下，來到冒險者公會的最高樓層。

在室內等待我們的，是個看起來弱不禁風的金髮柔弱男子。

「哈哈哈，我輸啦！」

「多納多隆多，這可不是在開玩笑的。」

看到耳朵就知道這人是精靈，乍看之下手無縛雞之力，不過……

名稱：克林姆　年齡：136歲

種族：木精靈

職業：大元素使

Lv：67

生命：180　魔力：616　臂力：87　敏捷：158

技能：詠唱縮短7、鑑定5、弓術3、採集5、樹木魔術7、元素魔術8、大地魔術6、調合5、土魔術10、毒素抗性3、麻痺抗性4、水魔術5、藥草知識7、料理4、魔力操作、森林之子

獨有技能：元素恩寵

稱號：公會會長、亞壘沙的守護神、樹木術師、土術師

裝備：老神櫻樹之杖、分身創蛇鱗服、少風龍翼外套、月兔跳鞋、替身手環

原來是個實力超越多納多隆多之人，魔術技能太嚇人了。

還有元素魔術好像很罕見，真不愧是公會長。

「首先請教一下妳的名字吧。」

「芙蘭。」

「今年幾歲？」

「十二歲。」

聽到芙蘭這句話，多納多隆多發出呻吟：

「什麼？真的就跟外貌的歲數一樣啊！」

哦，原來是這麼回事啊。

大概是見識過芙蘭的實力，以為她其實是相當年長的長壽種族吧。不然外貌這麼幼小，怎麼想都不可能有那種實力。

「多納多隆多。」

「啊，不好意思。」

被公會長委婉地唸了一句，多納多隆多就縮起脖子，只是一點都不可愛。

不過，這人測驗前後的態度完全不同耶。

那時他給我的感覺完全是個莽漢，現在看起來卻只像個好脾氣的大叔。

「不過，我能體會他的心情。年僅十二歲就能將中級劍技運用自如，還能無須詠唱就發動10級火魔術？這是什麼玩笑？」

公會長眉頭緊鎖，眼神銳利，彷彿要看穿芙蘭的內心深處。

「而且妳還擁有鑑定遮蔽技能，對吧？」

這麼一說我才想到，這人擁有鑑定技能。

他大概是想用鑑定的方式，看看芙蘭有沒有說謊吧。

然而我擁有鑑定遮蔽。

我就是為了這種場合，才消耗自我進化點數取得這項技能，總算沒白費了。

這項技能的優秀之處，在於裝備著我的芙蘭也能得到同樣效果。

不過也因為如此，對方好像懷疑我們有問題。

「妳說妳十二歲，這我姑且相信好了，那麼妳是從哪裡來的？」

「這是祕密。」

「……妳以為這樣就能過關？」

「我不想說。」

「……唉，真棘手。」

嗯——我開始有點擔心了。

讓芙蘭刺探一下好了。

「所以我合格？不合格？」

「像妳這樣能與多納多隆多互相抗衡的強者，我怎麼能說不合格呢？」

「那麼，給我公會卡。」

「我知道，我馬上讓人準備，請妳在這份文件上填寫必要項目。如果妳不會寫字，我可以請人代筆，有需要嗎？」

「我會。」

芙蘭因為雙親給予她良好教育，再加上為了讓奴隸具有附加價值，她有學過讀寫。

「我們大力歡迎好本事的冒險者！是不是，公會會長？」

「唉，是啦，況且元素精靈也並未吵鬧。」

「元素精靈？」

「東張西望也沒用的，只有元素使才看得見。」

「元素精靈會告訴你什麼？」

「元素精靈對生物情感很敏感，能為我們辨別一個人是否懷有邪念或惡意。」

元素精靈好方便喔，我也好想用用看。

問題是有沒有魔獸能使用元素魔術。

「魔獸之類的生物也能使用元素魔術嗎？」

「由於有些元素精靈是以邪惡心靈作為糧食，因此魔獸當中偶爾也有個體能使用這種魔術，實在令人遺憾。」

哦哦，這真是大好消息，值得我們找找看。

「公會會長，準備好了。」
「是嗎？那麼我們走吧。」
公會長親自為我們帶路，來到櫃檯旁邊的一個小房間。
房間裡有個類似祭壇的設備，上面安放著一顆水晶球。
「請觸碰這個，很快就結束了。」
「嗯。」
正如公會長所說，一瞬間就結束了。
看樣子他們已經登錄了芙蘭的魔力。
櫃檯小姐在一旁操作成對的水晶球。
然後將卡片抵在水晶球上，似乎就完成了。
「再來是選擇職業。」
「職業？」
「是的，每個人的適性不同，而且視選擇的職業而定，能得到各種恩惠喔。」
經她這麼一說，我想起藍德爾是商人。多納多隆多是大戰士，公會長則是大元素使？只不過加個「大」字，聽起來就莫名地強悍呢。
「芙蘭小姐可選擇的職業有……咦？」
「怎麼了嗎，妮爾？」
「沒有，只是她的適性職業……有點驚人。」

「哦？」

我們也從公會長背後探頭看看畫面。

有戰士、劍士、拳士、魔劍士、瞬劍士、魔術師、火焰術師、白術師、召喚術師、魔獸使、隱密師、藥師、解體師、廚師。

好多喔。

看樣子應該是受到目前安裝的技能，也就是芙蘭能使用的技能所影響。

雖然我還有槍術與槍技等等，不過因為沒安裝，也就沒有類似的職業。

連廚師或解體師這種職業都有耶。

「這是……」

就連公會長都說不出話來了。

我們該不會是捅了漏子吧？

「唉，現在也沒什麼好驚訝的了。況且聽說過妳與多納多隆多的戰鬥情形，我就料到會有魔劍士或魔術師等職業。」

哦，好像沒事喔。

大概對方也驚訝慣了吧。

「那麼，妳要選擇哪一種？」

『妳問問人家推薦哪種。』

「哪種比較好？」

「這個嘛，如果要建議的話，魔劍士、瞬劍士與火焰術師是中級職業，所以比較少見，而且附帶的恩惠也很強力。如果要魔術與劍並用的話就選魔劍士，重視用劍的話就是瞬劍士，重視魔術的話就是火焰術師了。」

原來如此，要如何抉擇呢……

『芙蘭喜歡哪個？』

（魔劍士好帥。）

『那就選魔劍士好了。』

事實上，魔劍士的效果確實相當有用。

魔劍士：中級職業。劍系技與一種魔術達到6級以上即可轉職。
效果：Lv提升時，臂力與魔力容易上升，並使劍系技與魔術的熟練度入手效率上升，劍系技與魔術的威力上升。

不過只有一件事得先問清楚。

「職業可以變更嗎？」

「可以，只要請妳跑一趟公會，隨時都可變更職業。不過，只有當下的職業會發揮效果，因此假如妳從魔劍士變更為瞬劍士，能力值或多或少會有所變動。特別是當妳從高級職業變更為初級職業時，幾乎所有能力都會降低，而且也不再能夠使用職業固有的技能等等。」

這些倒是早就料到了，無所謂。

既然之後還能變更，那就先選魔劍士沒差。

「那就魔劍士。」

「那麼，公會卡這樣就完成了。」

看起來就只是普通的青銅色卡片呢。

上面記載了芙蘭的名字、登錄的亞壘沙公會名稱、職業，以及冒險者階級G。

「公會卡如同身分證，補發需要支付五千戈德。雖然卡片登錄了本人的魔力，只有本人能夠使用，不過還是請妳注意不要遺失。」

之後，公會長告訴我們一些注意事項，還有公會提供的服務等等。

一般來說這好像是櫃檯小姐的工作，看來公會長完全盯上我們了。

所有事務都由公會長主動代勞。

說明內容簡單來說大概像是這樣——

在公會接受委託，只能接受符合冒險者階級的委託。具體而言，就是只能接受高或低一個階級的委託。

達成一定數量的委託後，就能接受升級測驗。

卡片顏色來說，階級G、F為青銅，E、D為黑色，C、B為銀色，A為金色，S則是白金。

素材的收購等方面不限階級。

雖然不用付年費等費用，但如果一段期間未接受符合階級的委託，有可能遭到降級或開除。

一旦做出背叛冒險者公會的行為，最糟的情況下將會遭到肅清，這點必須留意。

此外，公會不會介入冒險者之間的糾紛，這方面要自己留心。

最後這項忠告，應該是特別講給芙蘭聽的。沒辦法，誰教我們埋下了一堆的隱憂，遲早會被人找麻煩。

「妳現在是冒險者了。」

「嗯。」

「還有其他疑問嗎？」

我有件事想問，或者該說想麻煩他。

「測驗過程會公開嗎？」

「不會，這關係到冒險者的能力問題，我們不會隨便到處張揚。」

「那就好。」

「妳不願意引人注目？」

「我不想引人側目。」

「既然如此，我向妳保證，我與多納多隆多，以及櫃檯的妮爾，我們三人不會將此事傳揚出去。其實這樣對我方來說也好，別看多納多隆多這樣，他在有危難之際還必須站在前線統率冒險者，遭人輕視的要素是越少越好。」

「我難以接受，不過如果小妹妹希望我保密，我答應就是了。」

「只是以妳的實力，我想很快就會引起眾人注目了……」

嗯——我無話可回。

好吧，目前都還算得上順利吧？

領取了公會卡後，妮爾小姐在櫃檯叫住我們。

「妳要立刻接受委託嗎？」

聽到這句話讓我想起來，我們得賣掉素材，否則連旅店都住不起。

來這裡申辦公會卡發生太多事，害我忘了。

「我有一些哥布林的犄角。」

「噢，關於這方面的事務，都是委託報告櫃檯會受理，這邊請。」

妮爾小姐很有禮貌地回應已成為冒險者的芙蘭。

不愧是代表冒險者公會形象的櫃檯小姐，員工訓練做得真周到。

「還有一些素材希望你們買下。」

「素材的話，請妳帶到素材收購櫃檯，我先為妳核算哥布林的犄角喔。」

「嗯。」

「八組犄角總共一百六十戈德，請妳確認。」

說得明白點，這樣還是不夠付住宿費。最便宜的旅店都要三百戈德了，況且如果可以，我想讓芙蘭住更好一點的旅店。

我們前往素材收購櫃檯。

「素材已經完成解體了嗎？如果太大或是未經解體，必須請妳帶到櫃檯旁的空間。如果是更大的素材，我們會使用專用室。」

妮爾小姐解釋給我們聽。

怎麼辦呢？從這些哥布林的價碼，還有來到城鎮的路上請藍德爾收購的漆黑蟲來看，下級魔獸很不值錢耶。

既然如此，中級以上的素材也一併賣了吧。

這麼一來，有些東西是有點大。

「有點大。」

「那麼，請妳帶到那邊的收購區。另外想請問一下，素材現在放在旅店之類的地方嗎？建議妳昂貴素材之類的物品，最好小心保管喔。」

對耶，我們乍看之下好像什麼都沒帶嘛，說的也是。

不過一路上鑑定之下，我看到有不少人腰邊掛著道具袋，所以空間收納應該不算是傳說級的能力，在這裡拿出來大概不要緊。

「我現在拿出來。」

其實是由我來拿就是了。這是技能共享的缺點之一，雖然芙蘭也能使用次元收納技能，但那是只屬於芙蘭的收納。我收納的物品無法與芙蘭共享，所以芙蘭無法取出我收納的東西。

芙蘭假裝是自己拿出來的，將素材放在收購區裡。

我們有一點下級的素材，就先全部拿出來吧。

首先是值得紀念的，芙蘭初次打倒的獵物「雙頭熊」的毛皮與爪子。聽說內臟可以入藥所以也能賣，不過目前我們沒用容器裝，只是塞進次元收納空間裡，在這裡拿出來的話各方面來說都不太妥當，今天就算了吧。再來就是兩隻毒牙鼠的毛皮與毒牙。

「妳怎麼會有這些魔獸？」

「來城鎮的路上打倒的。」

「解體也是妳自己動手？」

「對。」

周圍看熱鬧的冒險者們有點喧鬧起來。

我瞄了一眼，他們好像在笑。

嗯——是在笑我們下級素材沒什麼了不起，別一副神祕兮兮的樣子嗎？

既然如此，那接下來就拿出更好一點的吧。

以平原來說，接下來這些大約是區域2到3之間的魔獸素材。

巨人蝙蝠的翼膜、毒牙與共鳴骨。

破壞野豬的獠牙、毛皮與頭骨。

巨石犎牛的甲殼與犄角。

雖然不是多強的魔獸，不過賣掉這麼多，至少能湊到幾天份的住宿費，以及購買便宜防具的資金吧。

假如拿出暴君劍齒虎或分身靈蛇之類的素材，應該能達成目標，但還是算了。

因為這些說不定可以用來做芙蘭的武具，而且可能過度引人側目。

我這樣說是因為公會長裝備的分身創蛇鱗服，用的就是分身靈蛇的素材。而多納多隆多的暴牙虎披風，則是以暴君劍齒虎的素材製成。

換言之，這些怪物素材的水準，足以供高等冒險者穿戴在身上。

如果在這裡賣掉，想必會引發一場風波。

妮爾小姐不知怎地一臉為難。

是不是這些魔獸實在太強，年幼的芙蘭拿出來賣，引起了她的疑心？畢竟這種階級的魔獸，對下級冒險者而言很難對付。

可是下級魔獸的素材恐怕賣不了幾個錢，我們也得趁現在賺點資金才行。反正都要引人注目，能一次解決應該最好。

這樣的話，乾脆把中級、下級魔獸的素材全部賣掉好了？

『吶，妳覺得呢？』

（我覺得一次解決比較好。）

『就是嘛！那就把其他素材都拿出來吧。』

我又把石蜘蛛的絲囊、毒牙與甲殼，還有挖洞鼴鼠的爪子與毛皮，以及麻痺爪貓的毛皮與爪子，都放在收購區裡。

肉要拿來做成芙蘭的三餐，所以就不賣了。

「全部就這些。」

「……啊！我、我明白了。我立刻為妳鑑定，請稍候。」

妮爾小姐竟然還有鑑別力，會鑑定素材啊，真是多才多藝呢。

她又找了其他櫃檯小姐過來，三個人一起檢查素材。

過了約十分鐘，鑑定結束。

「讓妳久等了。」

「嗯。」

「全部加起來，收購金額為十九萬五千戈德，妳接受嗎？」

啊？十九萬五千？認真的嗎！不是，不會太值錢了嗎？我還以為只要能賣個三萬戈德，就已經萬萬歲了耶。

「開價很大方？」

「不會不會，這是合理價格。畢竟其中包含了威脅度F的魔獸素材，而且素材狀況非常良好，所以有加價。」

我都沒留意過素材的狀況耶。

不過，說的也是嘛。傷痕累累的毛皮跟漂亮的毛皮，價格自然不可能一樣。

「例如這塊雙頭熊的毛皮，一般會以六千戈德收購。但是芙蘭小姐帶來的毛皮不但沒有一點傷痕，解體也做得無可挑剔，全身部位都有保留，因此收購價為一萬八千戈德。」

三倍喔，太強了。如果其他素材也是這樣，能賣到這個價格或許也很合理耶。

管他的，能拿多少錢就拿吧。

「這是收購費用，請妳確認。」

「嗯。」

芙蘭立即將錢收進次元收納空間。

畢竟要是搞丟就麻煩了，而且收納空間用來防扒手最有效。

「那就這樣。」

接著，就在芙蘭轉身要離開服務櫃檯時……

「喂，給我站住！」

芙蘭領了賣掉素材的錢，正想離開公會時，一個冒險者擋在她面前。

「嗯。」

「給、給我等一下，妳這小鬼！」

芙蘭不理這個男的，想從他身邊走出去。

對方大概沒想到自己都這樣吆喝擋路了，竟然會遭到徹底忽視吧。男子顯得有點慌張，再度擋住芙蘭的去路。

然而芙蘭還是不肯止步。

「嗯。」

「我叫妳等一下！妳是沒聽到嗎！」

「擋到我了。」

「反正妳給我站住就對了！」

超強的耶，能老套到這種地步，看了反而覺得爽快。

不過，這下出入口被人家擋住了。

『芙蘭，沒辦法，就聽聽他想說什麼吧。』

「嗯？知道了。」

「知道就好。」

路人哥誤會了芙蘭回答的意思，邪邪地一笑。

越看越像個路人角色耶。

這人裝備著只注重造型，長滿的刺好像會刺到自己的鐵護肩。發黑的皮甲讓人絕對不願意去聞味道，背後揹著刀刃有缺口的戰斧。相貌粗魯的一顆禿腦袋，怎麼看都只像山賊的角色扮演。

不只如此，連陸續登場的四個同夥，穿著打扮都相差不遠。

來這麼多個，看了實在很煩。

「喂！」

「什麼事？」

路人甲對著櫃檯叫嚷，妮爾小姐沒好氣地回話。

「妳們怎麼可以這樣偏袒她啊！」

「啊？偏袒？」

「就是啊！我們拿雙頭熊來賣時，全部加起來連兩千戈德都不到好不好！」

妮爾小姐聽到這話，深深嘆了好大一口氣。
「噢，我想起來了。各位就是那個拿著一顆頭被打爛的髒兮兮雙頭熊過來，連解體都沒做的隊伍對吧？」
「妳這什麼口氣啊！還不一樣都是雙頭熊！」
「不一樣。當時各位帶來的東西，所有素材都是最低評價。」
「啊啊？評價？」
「真是的，就是這樣我才討厭腦袋裝肌肉的落魄傭兵。明明是新手，卻因為戰鬥力還過得去，就得意起來了。這種人一點都不懂冒險者的規矩，怎麼不去死算了。」
哦哦……妮爾小姐雖然講得很小聲，但我都聽見了喔。
今後沒事最好少惹妮爾小姐，光是想像她面帶笑容說「幹嘛不去死」，我一把劍都不禁打了個冷顫。
「我想各位一定是好幾個人包圍雙頭熊，一擁而上把牠捅死了吧？」
「對啊，我們用餌引牠過來，五個人同時襲擊了牠。那時聽到忠告說威脅度F對新手來說很困難，還以為有多難呢，根本簡單得很。遇到那種魔獸都會陷入苦戰，我看其他冒險者都是群孬種吧。」
啊──我懂啦，這些人是把困難的意思搞錯了。
差別在於是難以打倒，還是難以殺得漂亮。
而這些路人角色頭腦簡單，以為只要隨便打倒拿來公會，就能賣錢了。

技能開外掛的我是沒資格這樣說，不過……你們別小看解體了！解體必須漂亮地剝皮，還得將每種素材分開磨亮，很困難耶！

而且其實還滿耗體力的，就連芙蘭進行解體時，都費了好大一番工夫。

而你們卻連解體都沒做就拿來，難怪人家會反感了。

「聽好了，首先是毛皮，你們帶來的那麼破爛，不能用來做成裝飾品之類，最多只能當成下級防具的素材吧。頭部會加工製成標本等等，但你們的少一顆頭，剩下的一顆又傷痕累累。爪子也有斷裂，完全不值錢。本來可以入藥的內臟類也帶有傷痕並腐敗，根本不能用。想必是打倒之後過了一段時間才帶來的吧，肉也臭掉了，連吃都不能吃。換言之，全身上下幾乎都成了垃圾。各位拿個大型垃圾過來，怎麼可能賣得了錢呢？噢，還有，由於你們沒有做解體，所以是由我們肢解，對吧？解體費加上腐敗內臟等等的處理費，應該都從審核金額中扣除了。我記得總金額是一千六百戈德，對吧？我倒覺得還太貴了呢。」

聽到妮爾小姐連珠炮地說，幾個大男人完全插不上嘴。他們只是呆若木雞，聽妮爾小姐滔滔不絕地批評一頓。

這樣聽起來，完全可以接受。

只不過，這幾個傢伙似乎無法接受。不，似乎是沒聽懂。不過好吧，就算聽懂了，他們這種人恐怕也不會乖乖認錯。

「少在那囉囉嗦嗦的！我看妳是想扯東扯西騙過我們，但可沒這麼容易！你們用不合理的價格買了我們的東西，現在立刻把差價吐出來！」

「沒錯沒錯！」

這可真過分。

他們是最典型的那種人，就是自己永遠是對的，別人講的道理一律不聽。我看他們會一直鬧下去，直到對方接受自己的意見。

雖然從一開始這些傢伙就讓我不爽，現在是越看越火大了。

「並沒有不合理。」

「就是有！怎麼想都不合理！」

「唉，有時間找我們抱怨，不如多鍛鍊狩獵本領如何？不像傭兵只要對付敵人就好，冒險者要顧慮的地方很多。不過就我看來，各位大概不適合當冒險者吧。」

「啊？冒險者這種貨色，不就是沒膽上戰場的一群孬種嗎！那些傢伙幹得來，我們怎麼可能幹不來！」

對這些傢伙火冒三丈的，恐怕不只是我們。周圍冒險者們的視線當中，也帶有相當凶惡的情緒。畢竟他們講了一些瞧不起冒險者的話。

這些人真的有大腦嗎？竟然在冒險者公會裡做出瞧不起冒險者的發言。

況且像妮爾小姐這樣貌美如花的服務人員，不可能不受歡迎。而這些人竟敢找妮爾小姐的麻煩，難怪會觸怒冒險者了。

我看這些傢伙死定了吧？

更何況他們連能力值都比不上門廳裡的其他冒險者。

名稱：丹姆　年齡：27歲
種族：獸人・赤犬族
職業：戰士
狀態：氣憤
Lv：13
生命：48　魔力：20　臂力：33　敏捷：23
技能：搬運1、劍術1、竊盜2、恫嚇1、斧術2
稱號：殘兵敗將
裝備：粗鐵戰斧、粗鐵護胸、破損的鹿皮甲、力量手環【贗品】

嘍囉一個。連最強的傢伙都只有這點程度，讓我來的話五秒就打趴在地了。

我正在煩惱該怎麼辦時，路人角色們的矛頭轉向了我們。
大概他們雖然白痴，但還是發現到不能拿妮爾小姐怎麼辦吧。
「說到底，這種小鬼能帶這麼多魔獸素材來，怎麼想都有問題吧！」
「所以呢？」

「一定是用違法手段弄到手的！」

「我再說一遍，所以呢？就算這位小姐用違法手段弄到素材好了，也不關各位的事吧？」

「……有關！就是關我們的事！因為這傢伙等於是用了不正當的手段，搶走了我們本來該拿到的錢！」

天啊～～已經毫無邏輯可言了，要經過什麼樣的思維才會得出這種結論？這裡有一群神經病啊——！

實在跟他們耗不下去了。

「她的實力足以獲得這些素材，至少憑她的實力，能夠漂亮地殺死雙頭熊，並仔細進行解體。」

「哈！鬼才會信！妳是黑貓族，對吧？」

「嗯。」

「所謂的黑貓族啊，在獸人當中是出了名的底層小咖。這種小咖種族出身的臭丫頭，怎麼可能殺得死魔獸啊！鐵定是耍詐！」

「沒錯沒錯。」

「臭小鬼，這次只要妳付錢賠償，我們就放妳一馬，快把妳剛才拿到的錢交出來。」

「嘿嘿嘿，冒險者之間起爭執，公會不會介入對吧？沒人能救妳喔。」

「什……」

他們過度惡劣的言行，讓妮爾小姐愣住了。

想也知道。

公會不會插嘴管冒險者之間的糾紛。

但這不代表公會什麼都不管。如果只是一點紛爭，公會還能加以忽視，但犯罪就另當別論，這不用說也知道。

說這些傢伙腦袋裝肌肉，對腦袋裝肌肉的人太失禮了。白痴二字已經不足以形容他們，我看這些人腦袋裡塞的是史萊姆吧？

「喂，妳這是什麼眼神？」

「……」

芙蘭抬眼看著男子。

芙蘭平常面無表情，如今眼中卻浮現出明顯的怒氣。

「小咖黑貓族，膽敢反抗赤犬族出身的本大爺？」

「就是啊就是啊，渣貓族少得意忘形了！」

「妳這個獸人族之恥！把所有錢交出來，我就饒妳不死！」

明明自己才是爛透了的獸人之恥，還真是隨便他們亂講啊。

要不是芙蘭比我更生氣，我早就衝過去了。

噗茲。

我確實聽見了青筋爆裂的聲音。

芙蘭的目標是繼承父母遺志，提高黑貓族的地位。這些傢伙的惡言惡語，想必令她忍無可忍。

「吵死了。」

「什麼？」

「汪汪汪的吵死了，你們這些賤狗。」

講得好！講得好啊，芙蘭小姐！做得太好了！晚點我煮好料給妳吃喔。

「王八蛋！信不信我揍死妳！」

講來講去都是這一套，聽得膩死了。

「小咖辨不到。」

「小咖是在說我嗎？」

「你們黑貓族才是小咖吧！」

「你們五秒內消失，我就放過你們。或者轉一千圈叫一聲『汪』也可以，一群笨狗。」

「臭婆娘！我要搞到妳腰直不起來，然後把妳賤價賣給奴隸商人！饒不了妳！」

恐嚇、強暴幼女外加人口販賣。

這些傢伙玩完了，我猜一定很快就會有憲兵趕來，逮捕這些傢伙。已經有幾名冒險者到公會外面去了。

不過在那之前，我們會先擺平這件事。

「你嘴好臭，不准講話。」

「臭小鬼！」

男子拔出揹在背上的戰斧，對準了芙蘭。他的同夥也拔劍舉槍，鬼吼鬼叫著想嚇唬她。

拔出武器了是吧？很好，正當防衛成立！

「宰了妳！」

辦不到的啦，因為你們已經不能動了。

「啊？咿，啊，啊啊啊啊啊啊啊！我的腿！噫咿啊啊！」

男子的身體失去支撐，橫著倒下。他的雙腿膝蓋以下的部分已經沒了。

芙蘭連劍都沒拔，使用的是名為「鬥氣劍」的6級劍技。

這招劍技能夠瞬間揮出魔力做成的利刃，威力雖低，但只要魔力灌注得當就能隱形，還能像這次這樣與振動牙相結合，可說是最適合用來進行奇襲或暗殺的招數。

想不到她已經運用得如此上手了！芙蘭真是個可怕的小妹妹！

男子活像隻毛毛蟲，在自己雙腿流出的血泊中扭動掙扎。

「啊噫咿咿，啊噫咿咿咿咿……」

好噁！噁心到了極點。

「這個臭小……呃呃啊，啊啊啊？」

「噫……痛死我啦！」

接著又有兩人，被芙蘭射出的振動彈打斷了腿，倒在地上。她朝著兩人的臉孔繼續射出振動彈追擊，威力雖然經過控制，但仍打爛了鼻子，門牙全毀，眼睛可能也廢了。

其餘兩人恐怕還沒能進入狀況，只是勉強理解到發生了某種不妙的情況，畏縮不前地瞪著芙蘭。

只不過，他們似乎還心存侮辱，只當芙蘭是個小姑娘，並沒有嚇到逃之夭夭。

『狀況判斷得太慢，要了你們的命。』

不過善後起來太麻煩了，因此芙蘭並不打算要他們的命。

咚的一聲，芙蘭雙腳蹬地。下個瞬間，人已經在兩個男子的眼前。

她順勢抽出用車篷包著的我，一揮到底，掉轉劍頭毆打兩人的臉孔。

砰！砰！

基本上算是用刀背砍的。

不對，因為是劍脊，所以應該叫拍打？總之他們的雙腿與臉孔是注定要粉碎性骨折了，用低等魔術或藥水恐怕治不好。

最後一個人，被芙蘭一轉身施展拳鬥技的踢技「鬥氣踢」踹在腿上，而且還附上振動衝。

那人好像想逃，但太遲了。膝蓋恐怕已經碎裂，肌肉也在體內斷成一截截了吧。跪下之後，迎面又降下一記附振動衝的肘擊，這樣就結束了。

一片死寂。

冒險者們的喧鬧聲完全消失，只剩男子們求救的刺耳慘叫在公會內迴盪。

「請問？」

「什、什麼事！」

「我可以走了嗎？」

「啊……好的，謝謝妳的惠顧，期待妳再度光臨。」

喔喔，妮爾小姐笑容真燦爛。她偷偷翹起大拇指，給我們一個讚。

「好了，我會把你們直接交給士兵。」
「把把……把那個臭小鬼也抓起來啊！她、她突然攻擊我們耶！」
「啊？少在那痴人說夢話了，你們這些人渣。那孩子怎麼看都是正當防衛吧，對不對？」
「是、是啊，沒錯沒錯！」
「完全是正當防衛。」
好耶，妮爾小姐與冒險者們願意為我們作證，這下放心了。
「好痛！好痛啊！拜託幫我治療！」
「在那之前，你們弄髒了地板，我要收你們清潔費，血跡可是很難洗的呢。這樣吧，我大方算你們便宜點，一萬戈德就可以了。只要你們付錢，要幫你們治療也不是不可以喔。」
她沒說保證幫他們治療！妮爾小姐真不是簡單的貨色。
我們就這樣一邊聽著妮爾小姐的魔鬼發言，一邊離開了公會。
不過話說回來，浪費了不少時間呢，太陽都快下山了。
『總之先找旅店吧，都來到城鎮了，總不想露宿在外吧？』
「嗯。」
走出公會過了一小時，我們垂頭喪氣地走在街上。
『沒想到竟然會不給我們住。』
「嗯。」

『即使持有公會卡，還是不能讓一個小孩單獨住宿啊……』

旅店老闆娘是這樣說的，但她很明顯在注意芙蘭的穿著。

芙蘭只穿著布衣襤褸與涼鞋，怎麼看都是貧民或逃亡奴隸少女。

對啦，的確是一身燙手山芋的氛圍。

我們用淨化魔術清理過，所以很乾淨，但人家當然看不出來。

『先買裝備，打理一下門面好了。』

「？」

她沒弄懂呢。我來幫妳挑就好，妳儘管放一百二十個心，統統交給我就對了。

我們前往鄰近冒險者公會的廣場。

因為我們聽說那裡開了成排的冒險者用商店。

廣場上有許多店家與攤販，冒險者人潮洶湧，熱鬧滾滾。

有武器鍛造、防具鍛造、裁縫店、藥鋪、鍊金店、酒館、餐館等等，種類豐富。

還能順便了解物價。

鐵製小刀兩千戈德，五級治療藥水一萬戈德，四級解毒藥水兩萬戈德。

五級好像是最低階的藥水，但還是滿貴的。不過聽說就算傷口很深也能瞬間治好，如果地球有這種藥品一定會更貴，我不覺得是哄抬售價。

琳瑯滿目的商品盡是些沒看過的珍品，讓我莫名地興奮雀躍起來。

『好有趣喔。』

「對啊。」

『哦！芙蘭也這麼覺得嗎？』

「好多稀奇的東西，好棒。」

『這樣啊，這樣啊。』

我看出芙蘭兩眼在發亮，雖然不太顯現在表情上，但看來芙蘭也逛得很開心，真是太好了。

好啦，我們要去的店在哪裡？

其實在問路時，我們得到了值得一聽的情報。

聽說一位知名鍛造師正逗留於亞壘沙。

此人目前似乎租了一個店面，開了鍛造鋪。

我想請這位鍛造師為芙蘭打造防具，雖然金錢與條件兩方面都可能有困難，反正拜託看看不吃虧。

『好啦，那家店在哪裡呢？』

這附近看起來似乎是有鍛造鋪或防具店，但沒有特別亮眼的店家。

我是覺得如果是那麼不同凡響的鍛造師，店門口應該會門庭若市，一眼就能認出來。

『該不會今天已經關門了吧？』

太熱門的店，或許有可能早早關門。

「那邊那個小妹妹，要不要來看看？」

「唔？」

「對對，就是妳。」

是想搭訕嗎！我提高警戒，然而出聲叫住她的，是一位矮人老先生。

不過也有可能是某烏龜仙人那種色老頭，還不能放心。

只要他敢毛手毛腳，我就假裝掉下去，刺在他腳邊嚇死他。

「老子看妳正在找防具，是不是？」

「你怎麼知道？」

「到了老子這種層次，看就知道啦。」

「……」

「別這麼有戒心啦，沒什麼，簡單得很。看姑娘妳的步法，就知道是個高手。但一身打扮卻破爛粗糙，而且視線對著幾家鍛造鋪或防具店。換言之，妳想必是來此選購防具的吧？」

這老先生不是小角色耶！究竟是何方神聖？

名稱：格爾斯　年齡：82歲
種族：矮人
職業：魔法鍛造師
Lv：33
生命：160　魔力：173　臂力：122　敏捷：46
技能：解體2、火焰抗性7、鍛造10、鍛造魔術9、鑑定7、開採3、裁縫5、鎚技2、鎚術7、

毒素抗性2、皮革6、火魔術6、不眠不休6、魔法鍛造7、鑑別力8、火神加護、氣力操作
特別技能：神眼
稱號：漫遊鍛造師、克蘭澤爾王國榮譽鍛造師、鍛造王
裝備：魔鋼鍛造鎚、火蜥蜴皮衣、鳳凰樹涼鞋、體力回復手環

無論是技能、能力值還是稱號都教人驚嘆，原來這位老先生就是傳聞中的偉大鍛造師？

這樣的話，有剛才那種敏銳的觀察眼力也不奇怪吧？

算了，管他的。對方可是主動叫住我們，就當作運氣好吧。

「好厲害。」

「呵哈哈哈哈，別看老子這樣，老子可是有一把年紀了啊。如何，要不要逛逛老子的店？」

「很想。」

「那麼，走這邊。」

在格爾斯的帶領下，我們前往廣場角落的一家店。

其間，多到嚇人的視線從周圍飛向我們。

那種視線好像在上下打量我們，糾纏不放。

『咦？怎麼好像所有人都在看我們？』

「敵人嗎？」

『不，也不是……』

最不懷好意的，是一群看似商人的男子投來的視線。
他們用尖銳視線對準我們，凶惡到芙蘭還以為是敵人的氣息。
究竟怎麼搞的？
「噢，別在意。是一群貪得無厭的商人，逼著老子賣武具給他們。老子憑蠻力趕走了他們之後，那些傢伙似乎纏著在老子店裡買了商品的客人不放，要他們轉賣買來的武具。」
喂喂，這樣我們很困擾耶。
「沒什麼，妳回去時老子讓妳走後門，放心吧。別說這個了，妳在找什麼樣的東西？」
雖然完全無法放心，不過現在多想也沒用。
比起這個，難得有優秀鍛造師主動找上我們，這份幸運一定要好好把握。
「你願意賣給我？」
「老子只會把老子的武具賣給願意使用的冒險者，姑娘妳合格了。」
聽老先生所說，他為了造福冒險者，似乎以相當低廉的價格販賣武器。
他就這樣走遍全國，到處做生意。
原來是位有所堅持的工匠啊，我不討厭這一型的喔。
『先讓他給我們看看劍吧。』
「我想先買把劍。」
「啊？妳不是已經揹了把寶劍了嗎？老子可是頭一次看到智能武器耶。」
怎麼可能！他是怎麼看穿的？

靠鑑定嗎？不，我有鑑定遮蔽，不可能露餡。

「……智能武器？」

芙蘭微微偏頭反問。

好演技！就這樣掩飾過去！

「噢，別擔心。老子並不打算拿妳這把劍怎樣，只是確認一下罷了。老子的眼睛有些與眾不同，即使擁有鑑定遮蔽技能，也還是會看到一點啦，特別是關於武具。」

原來還有這種能力啊！這麼一說讓我想到，這老先生除了鑑定以外還有鑑別力，以及神眼技能，是它的效果嗎？

「哎，老子只看見攻擊力與魔力傳導率A的部分，還有它是智能武器而已。老子說得對嗎，魔劍老兄？」

『既然這樣，你應該明白吧？我想讓這個女孩——芙蘭用一把更像樣的劍。』

「哦哦？這就是所謂的心靈感應嗎？想不到你真的具有智慧！超強，超強的耶！」

『興奮得跟個小鬼似的。』

「師父有時也會那樣。」

『咦，不會吧？』

「真的會。」

『啊——好吧，不管是誰面對有興趣的事物，都會變得童心未泯啦。』

「嗯。」

我看看興奮過頭的格爾斯老先生。

「喔喔——真的是智能武器耶！」

『我也會那樣？』

今後還是收斂點好了。

「噢，不好意思，有點太興奮了。別說這個了，就你老兄的性能看來，老子是覺得用不到老子的劍……」

『不不，你也看到我的性能了吧？老先生的劍不是比我強嗎？例如那邊那把。』

在城裡碰巧看到的上等鋼鐵製武器，應該是這老先生打造的不會錯。

店裡到處擺滿了很類似的武器。

每種都跟我不相上下，要不就是比我強。

我一邊看著那種武器，一邊心如刀割地回嘴。

為什麼我得特地講出自己有多廢？

「單純看攻擊力是這樣沒錯，但是……噢，老子懂了，你該不會是沒弄懂魔力傳導率的意思吧？這可是與你息息相關的耶～～」

『魔力傳導率？對耶，是有這麼個項目。』

「你果然沒弄懂啊，太可惜啦。」

『這個項目很重要嗎？』

「拜託，何止重要！評估一把劍的時候，這部分可是特別受到重視的！」

什麼！我都不知道。

「好驚訝。」

『麻煩再講得詳細點。』

「好。魔力傳導率這一項換個說法，就是魔力纏繞武器的效率。依據這個項目的數值高低，武器的性能可說有著天差地別。」

『嗯嗯。』

「比方說這把劍好了。」

格爾斯拿起了掛在牆上的短劍，它以鋼鐵製成，魔力傳導率為E。

「魔力傳導率E來說，傳導效率差不多是百分之五。假設灌注了一百點的魔力，就能將攻擊力提升五點。」

格爾斯繼續解說。

接著格爾斯拿起來的，是一把祕銀製短劍。

魔力傳導率為C⁻，他說效率為百分之七十。換言之灌注一百點魔力，攻擊力就能提升多達七十點。

這樣看來的確很重要，一點性能差距輕易就能顛覆。

「傳導率越高效率也就越好，能長時間保留住魔力。換言之，有效時間也比較長。」

『順便問一下，祕銀的傳導率C⁻算滿高的嗎？』

「這還用說嗎？祕銀可是傳導效率特別優異的金屬，可以說市面上販售的武器，沒有一種具有C以上的傳導率也不為過。就算有，也會因為優先提升傳導率而使得基本攻擊力過低，盡是些不入流的貨色。」

「那麼，A很厲害了。」

「是啊，A級武器已經完全是魔劍了。傳導效率為百分之兩百，說得明白點，老子的武器根本比不上。」

百分之兩百就表示灌注一百點魔力，攻擊力能提升兩百點？未免太強了吧！我的時代根本到來了？

『灌注的魔力有上限嗎？』

「要看素材，你老兄的素材是……看不太出來呢。好像是以哈耳摩礦為基本原料，混合魔鋼系素材製成，但不太確定……」

芙蘭將我交給格爾斯，他鏗鏗敲了敲我的刀身做確認。

「老子看應該是不比山銅差，所以灌注個一千點不成問題。不過這麼龐大的魔力，個人應該是運用不來的。畢竟就連王都的宮廷魔術師，魔力最多也只有五百嘛！」

我側眼看著格爾斯豪邁地哈哈大笑，內心冷汗直流。

我的魔力偏偏就有達到一千點，換句話說，攻擊力可以提升兩千點？

其實之前也有過這種事，面對好像會苦戰的對手，我卻一擊就打倒，還覺得有點不對勁。本來以為是碰巧擊中了要害，或是念動加速造成的威力，原來……

我想我大概是在無意識之間，纏繞了魔力吧。

「有效時間大約多久？」

「這個嘛，要看素材，不過基本上傳導率E是五分鐘。然後每上升一個階級，就會延長兩分鐘，差不多是這樣。」

『那麼，A的話……』

「大約三十分鐘吧。」

「滿長的。」

『短期決戰的話夠用了吧。』

「嗯。」

『這麼說來，我不是破銅爛鐵了？』

「你老兄如果是破銅爛鐵，這世上的劍幾乎全是破銅爛鐵啦。」

『這樣啊，原來是這樣啊……喔喔——！太好啦——！』

真的是太好了，要是我有眼睛，一定會喜極而泣。

看看我，身心都完全成了一把劍呢。沒想到我會變成這樣，比其他劍厲害能讓我這麼開心。

不過，感覺還不賴。

「你作為魔劍算得上最高層次，說不定還踏進了神劍的領域喔。」

「魔劍？神劍？」

「是啊，打造你老兄的，是不是神級鍛造師？」

『不，我搞不太清楚，我沒有這方面的記憶。』

「這樣啊……」

『你知道些什麼嗎？知道的話，希望你可以告訴我。』

不知道自己的身世背景，心裡總是不太舒服。

如果能弄清楚，誰都會想知道吧。

「鍛造師有分階級，分別為——鍛造師、上級鍛造師、魔法鍛造師、神級鍛造師。不過還有其他衍生職業，所以並不是就這幾種。其中舉世無比的，無庸置疑就是神級鍛造師。他們是傳說中的鍛造師，歷史上確定存在的只有五人。」

「傳說中的五人，好帥。」

「對咱們鍛造師來說，他們更是令人憧憬的存在，只有神級鍛造師能夠鍛鑄神劍。」

『你是說打造我的人，是神級鍛造師？』

「老子是這麼認為，但也很難說……因為你老兄以神劍來說太弱了。但以魔劍來說又太強了，正好介於中間呢。」

『什麼跟什麼啊，那也就是說，有可能是本領高強的魔法鍛造師打造了我？』

「哎，也有這個可能。」

『所謂的神劍，大概有多強啊？』

人家將我形容成這樣，我當然有興趣了。

比我更強的劍，不知道有多驚世駭俗？

「人們說神劍能裂天破地，是拔山超海的兵器。事實上有紀錄指出，過去戰爭中使用了神劍，僅僅幾十分鐘就奪走了一萬人的性命。」

『那真的是劍嗎？』

「神級鍛造師製作的武器，稱呼上都叫作神劍，據說其中也有一些不具劍的外形。」

「據說？」

「因為老子親眼瞧過的，只有炎劍伊格尼斯。」

『哦哦，這個叫什麼伊格尼斯的有多強？』

「當時的老子鑑定技能還很低，沒能看見全部，不過……」

名稱：炎劍・伊格尼斯

攻擊力：1800

魔力傳導率：SS

技能：火焰魔術附加、神焰附加、不明

「大致上是這樣。」

『呃，是喔。對不起我不該抱持什麼競爭意識，我這種小咖怎麼可能會是偉大的神劍嘛。』

「別這麼說，你老兄也已經是把夠好的劍了喔。」

『你在安慰我這種爛劍嗎？老先生你人真好啊！』

「別客氣啦，能見到你老兄這種有趣的武器，老子也很高興啦！」

『格爾斯老先生！』

「劍啊！」

芙蘭聽膩了沒理我們，在店裡挑東西。

「嗯，這件護胸還不錯。」

十分鐘後。

「呼哈哈哈哈，抱歉啊，沒招呼到小妹妹！」

「沒關係。」

『芙蘭的武器就用我吧，不過，還是想請你至少做個劍鞘，可以嗎？』

「好，老子幫你做個最棒的劍鞘！」

『但我們拿不出太多錢……而且還想買防具。』

「這個嘛～你們有多少預算？」

『除了防具，再留下住宿費與藥品費，大概十五萬戈德吧～』

便宜的防具是一定買得起，但格爾斯是極富盛名的魔法鍛造師。應該說他店裡有沒有十五萬買得起的防具，都是個問題。

「這樣啊，沒問題，因為老子欣賞你們。就以這個價錢，賣你們一套防具與劍鞘。」

『真的可以嗎？那真是太感激了。』

「別客氣啦。那麼，防具你們打算要怎樣的？老子雖是鍛造師，但也有在做皮製品。無論是金屬類還是皮革類，老子都能準備。」

『嗯——妳覺得呢？』

「輕便的比較好。」

「那就皮革吧，推薦選購重點部位以鋼鐵加強防護的類型。」

「那就那種的。」

「頭部要怎麼做？」

「沒有比較好，而且會影響視野。」

「那就戴個獸人用的耳環好了，有種類型不用穿耳洞。」

「嗯。」

「那麼，你們且稍候。」

格爾斯老先生從倉庫裡拿了各種商品出來。

「喏，試穿一下看看吧。」

老先生拿來的防具，有炎角牛禮服鎧甲、麻痺爪貓手套、毒劣飛龍之靴，以及貓族用祕銀耳環這四款。防禦力也不差，效果更是優秀。甚至還具有火焰抗性附加、衝擊抗性附加、麻痺抗性附加、毒素抗性附加與魔術抗性附加的效果。

雖然比起公會長的裝備弱多了，但跟城裡冒險者們比起來強一點。

防具以黑白為基調，色彩有整體感，比想像中更適合芙蘭。禮服鎧甲乍看之下只是白色連身裙與黑色膝上襪的穿搭，不過胸部等部位以金屬與皮革做了補強，而且素材夠好，防禦力無可挑剔。

不只如此，還附贈兩套不具防禦力，但作工精美的布衣。

『賣這麼強的防具給我們，沒關係嗎？』

「別客氣啦，強悍的冒險者就該裝備起強悍的武具。最重要的是，如果有人說老子的裝備輸給魔劍，豈不是很不甘心？哎，還不至於賠錢啦，別擔心。」

『芙蘭，真是太好了呢。』

「謝謝。」

「要謝老子的話，今後再多來店裡逛逛吧。解析智能武器的機會，可不是天天都有的哩。」

『不可以對我做奇怪的事喔。』

「放心啦，只是做個鑑定與鑑別罷了。」

『好吧，小事一樁。』

「還有，也歡迎你們自備素材喔。如果你們自己帶素材來，老子可以便宜幫你們做。」

聽到這句話，讓我想起收在次元收納空間裡的強悍魔獸素材。

我怕在公會賣掉會引人側目，所以沒拿出來，但如果能交給格爾斯老先生幫芙蘭做防具，不是就不怕引起注意了嗎？

「素材我們有。」

『對啊，如果能交給老先生幫妳做防具，就可以不引人注目地用掉了。』

「哦，既然你們都這樣說了，一定是很好的東西吧？」

『的確不是小怪魔獸，畢竟威脅度是D跟C嘛。』

所謂的威脅度C，是動員國家力量也不奇怪的等級。如果出現在城鎮附近，有可能派遣騎士團前往撲滅。

以冒險者來說，是階級B的高等冒險者挑戰的難易度。

『有空房間嗎？』

「有，那個房間是空著的，妳要去拿來嗎？」

「已經帶在身上了。」

「妳有道具袋啊？不過，妳放在哪裡……」

在芙蘭身上看半天，也看不到半個道具袋。

畢竟她只裝備了衣服、劍與涼鞋嘛。

『是我的能力啦。』

「哦哦，這可真有意思。讓劍配備道具箱能力啊……想都沒想過還有這招。」

拋下喃喃自語不知道在講什麼的老先生，我移動到空房間。

大概原本是倉庫吧，房間裡是泥土地，天花板也很高，夠寬敞。

『那麼，我要拿出來嘍。』

我拿出暴君劍齒虎的毛皮、獠牙與爪子，以及分身靈蛇的毒牙與鱗片、轟擊砲龜的龜殼與皮。光是素材就把整個房間占滿了。

我決定不將暴食史萊姆統治者的素材拿出來，只講一聲就好。因為在這裡拿出來，會搞得整個房間都是黏液，等一下再請老先生準備個木桶還是什麼好了。

「這可真是……！這、這些都是你們打倒的嗎？這可是C、D級的高等素材喔！」

『算是吧。』

「就你一個人？」

『正確來說，是就我一把劍，因為我能用念動飛來飛去。』

「哈哈哈哈哈哈！真是太嚇人啦，你老兄的能力怎麼能這麼豐富啊。」

『基礎能力低就只能多學才藝，不然混不下去啊。』

「很好，有這麼好的素材，可以做出相當高水準的防具，而且是初級冒險者高攀不起的那種裝備喔。」

真不愧是強悍魔獸的素材。

「只不過，這麼好的皮革素材，光憑老子一人處理不來呢。找那傢伙跟那傢伙幫忙吧，還有那個人——」

『那個，老先生？』

「噢，不好意思。很久沒遇到這麼有趣的工作，一時太興奮了。真是，你老兄到底要讓老子驚訝幾次才滿意啦！」

他嘴上這樣說，臉上卻浮現滿面笑容。

「那麼，可以麻煩你做嗎？」

「當然嘍！」

『只是，要讓老先生你這個階級的工匠製作客製品，恐怕要不少錢吧？』

「這個嘛……就算自備基本素材，一般來說的話，三百萬戈德是跑不掉。」

『真的假的啊，絕對付不出來的啊。』

「這些素材你們願意全部交給老子，沒錯吧？」

『嗯，可以啊。』

「既然如此，事情就簡單了。要替小妹妹做裝備，用不到這麼多素材。剩下的部分老子願意買下，製作費就免了，如何？」

『這樣真的幫了我們一個大忙。』

「那麼，生意成立嘍。」

「什麼時候可以做好？」

「少說要一個月喔。」

『比想像中還久呢。』

「胡說什麼，已經很快了好嗎！畢竟素材這麼好，老子可不想草率交差了事。而且還得訂購些缺少的素材，這點時間是必須的。」

『沒辦法了，芙蘭也同意吧？』

「嗯，我會期待。」

「好，包在老子身上！」

後來，我們把史萊姆統治者的黏體弄碎，放進格爾斯老先生準備的鐵桶裡。聽說這種素材也有各種用途。

「還有，老子一顆魔石也沒看到，你們沒有嗎？」

「沒有。」

「是嗎？那真是可惜。」

『魔石也能拿來做防具嗎？』

「能啊，製作時可以添加進去。比方說這個分身靈蛇的獠牙，用在防具裡可保證附帶毒素抗性【中】。用在武器上，可以期待具有猛毒效果。但是若搭配使用分身靈蛇的魔石，就保證附帶毒素抗性【大】與王毒效果。雖然其他魔石也多少有效，但仍屬素材主人的魔石為首選，親和性最高。」

想不到魔石竟有這種用途，只可惜魔石已經被我吸收掉了。今後如果獲得技能全部重複的魔石，就留一點下來備用好了。反正只要收好，隨時想吸收都行。

『今後我們會留意的。』

「嗯，建議你們這麼做。」

『那今天就這樣，差不多該告辭了。』

「掰掰。」

『抱歉拿這麼多問題打擾你。』

「哈哈哈，儘管期待成品吧！你老兄的劍鞘，三天後就可以來取貨了。」

『好。』

素材處理好了，又訂做了強悍的防具。哎呀～～感謝老天讓我們遇到貴人。

『芙蘭也是，穿起來很好看喔。不管怎麼看，都是個初出茅廬的冒險者呢。』

「謝謝。」

『再來就是……妳需要貼身衣物之類的嗎？』

「不需要。」

『是、是喔？』

本人都說不需要了，或許沒差？

不，不行。的確，貼身衣物或內衣什麼的，對我來說難度是太高了。

但如果現在選擇逃避，就會一直逃避下去！

而且芙蘭肯定也會漸漸失去女孩子氣。

現在必須強勢進攻！

『不行，我們去買內、內衣吧！』

離開格爾斯老先生的店後過了十分鐘。

『就是這裡。』

「好多荷葉邊。」

櫥窗裡跟芙蘭說的一樣，掛著打了滿滿荷葉邊的女用服飾。

『畢竟是女裝專賣店嘛。』

我心臟跳得好劇烈。好吧，雖然我沒有心臟。

只要是男人，誰都會有相同反應吧。

況且我從上輩子活到現在，還是第一次進這種店。

「歡迎光臨。」

「嗯。」

「啊？妳是冒險者嗎？」

一個給人感覺像太妹的大姊，從店內後側走了出來。

她留著純藍短髮，風格已經超出奇幻的範圍，進入電子龐克的領域了。

「所以說？妳想買什麼？我們有內褲與貼身衣物，從便服到決勝服裝樣樣具備！」

（要買什麼？）

『我說什麼，妳就說什麼。』

（知道了。）

把大致上需要的東西告訴大姊，請人家挑好了。

「我要五天份的內衣，要容易清洗的。」

「嗯嗯。」

「還有，我要可以穿在鎧甲底下的衣服與貼身衣物。」

「也是五天份就夠了？」

「嗯。」

「那一區的內衣是最小尺碼，妳喜歡哪種款式？」

「隨便都可以。」

「像妳這麼可愛的女生，不可以隨便！」

據這位大姊所說，她以前好像當過冒險者。那時她覺得冒險中也能穿的耐用內衣大多不夠可愛，讓她相當不滿，所以乾脆自己做。

如今她似乎與這家店的老闆合作，推出了專為女性冒險者設計的各式商品。

「像妳這樣黑髮黑眼黑耳的白皙美人，穿這種的或許不錯呢。」

什、什麼？黑色的內褲？而且還附魅惑人心的尾巴洞？

太不應該了，實在是太不應該了啊！但就是這點好！

「這個系列有為獸人仔細打洞喔，怎麼樣？」

嗯——可是對芙蘭來說，不會太成熟了嗎？

什麼成熟魅力還是費洛蒙的，對芙蘭來說都還太早了啦，我覺得再可愛一點的比較好。

也許是我的這種心思傳達到了，大姊向芙蘭介紹了其他商品。

「其他還有這種款式之類的喔！」

我不會看錯，那正是條紋內褲，而且是白色與水藍色相間的條紋款！

「再來還有這種的。」

唔，算妳行！乍看之下只是奶油色的土氣內褲，卻綴有小巧的荷葉邊與緞帶！

魅惑人心的內褲一件又一件拿出來，聽說不但好看還極富彈性，而且耐穿又不悶熱。

「我們店裡還有做打尾巴洞的服務喔。」
「那就這件，還有這件。」
「好好好，其他的呢？」
還有需要的東西嗎？女孩子氣的東西……洗面乳之類的？不對，我知道了，需要洗臉用品。
「還有洗臉類的……用具？有的話。」
「有啊，我們店裡這方面的也沒遺漏。」
「那就買一份。」
「好喔。」
看來好像沒有賣胸罩，不知是因為這裡比較鄉下，還是以文明水準來說本來就沒有。
芙蘭不知該說是小容量，還是斷崖絕壁，總之就是太平公主屬性，所以目前應該還不需要就是了。
「那就是五天份的內褲與貼身衣物，然後是透氣材質的襯衣與短褲。長版款有需要嗎？」
「需要，兩件要長的。」
「了解，再來就是洗臉用肥皂，還有毛巾。」
原來有肥皂啊，跟地球的不知道是否一樣？
「這是以鍊金術製作的洗臉專用皂，可以讓肌膚滑嫩，大獲好評喔。而且沒有香味，最適合女性冒險者使用了！」
哦，那可真不錯。要是在狩獵場散發出花香，想必用不了多久就會被魔獸發現，沒有香味真的很有幫助。

在店員的推薦下，我們買了衣服還有日用品等等。

大概很少有顧客像我們這樣一次買這麼多吧，大姊從頭到尾都笑咪咪的。

離開店裡時，她還到門口送我們。

「謝謝惠顧！」

我得教芙蘭怎麼洗衣服才行，否則搞不好她會萬年同一件衣服不換。

叫我洗？

不行不行，從各方面來說都太危險了，這件事還是讓她自己來吧。

要是芙蘭長大後用看髒東西的眼神看我，我可是會想自殺的。

半小時後。

我們站在一家旅館門前。剛才問服飾店的大姊有沒有推薦的旅店，人家告訴我們這家不錯，聽說很多女性冒險者都住這裡。

外觀乾乾淨淨的，似乎不賴。

我們進去看看。

店裡也打掃得很徹底，還自然不做作地擺著可愛的盆栽。

我用念動試著擦擦房間角落，沒有灰塵。嗯，似乎是間不錯的旅店。

「師父好像小姑。」

『什麼！』

好過分！人家可是為了妳喲！芙蘭妹妹！

「歡迎光臨。」

顧櫃檯的是一位年輕女性，差不多二十歲出頭吧。

「有空房間嗎？」

「一位嗎？」

「嗯，我一個人。」

「有沒有監護人呢？」

一個小孩果然還是不能住嗎？

『芙蘭，拿公會卡給她看看。』

「嗯，這個。」

「咦？真的是公會卡？」

「嗯。」

女性端詳著公會卡半晌，似乎明白是真貨了。

「好吧，只要能確定身分應該沒問題。只住不附餐的話三百戈德，附兩餐四百戈德。還有，我們旅館只有單人房。妳要哪一種？」

『今天就訂有附餐的好了。』

「附餐住一晚。」

「好的，那麼，這是客房鑰匙，請注意保管貴重物品喔。」

「嗯。」

後來，櫃檯小姐又說明了生活用品的瑣碎價格，不過我們直接忽略。

反正不管是提燈還是熱水，都能用魔術或道具設法解決。雖然有牙刷讓我很驚訝，不過用淨化魔術一樣可以搞定。

「到餐廳將這枚兌換牌交給人員，就可以用餐。我們旅館有附設餐廳，因此無論幾點都可以用餐喔。」

櫃檯小姐將兩枚兌換牌交給我們。在餐廳的營業時間內隨時都可以吃飯，真是不錯的機制。

只不過，我們還有很多魔獸肉，其實吃這些肉比較省餐費。下次或許可以選擇只住不附餐，由我來煮飯比較好。

況且只要先煮好大量料理然後放進次元收納空間，隨時都能讓她吃到熱騰騰的食物。

問題是要在哪裡準備這些料理。

只是整塊烤熟或是煮湯八成會吃膩，如果想準備各種不同的料理，我需要像樣的廚具。

我們爬上樓梯，前往櫃檯小姐告訴我們的二樓客房。

我看看，鑰匙號碼為二〇四。哦哦，靠角落的房間耶。

「這裡？」

『房間挺不錯的嘛。』

在保持清潔的房間裡，有床有桌子，還有邊櫃。室內還裝設了衣櫃，住起來應該很舒服，而且連武具用壁架都有。

這間旅館真是不容小覷。

「師父，是這裡沒錯嗎？」

『沒錯啊？怎麼了？』

「這麼好的房間？」

噢，原來是這個意思啊。

大概對於當了足足四年奴隸的芙蘭而言，這點程度的房間都豪華到不敢置信吧。

可憐的孩子！我一定會讓妳幸福的！現在先讓她放心吧。

『不會啊，沒多好，普通而已。』

「真的假的？」

『真的真的，今後這點程度的房間，想住幾次都可以喔。』

「喔耶——」

芙蘭雄壯威武地高舉雙拳朝天，發出吶喊。

「跟隨師父真是跟對了。」

『這樣啊，這樣啊。』

「已經是人生勝利組了。」

『這麼誇張！』

「我的時代來臨了。」

嗯，看來她高興得昏了頭，情緒亢奮起來了。

雖然從表情很難看出來。

但只要她喜歡就好。

我們在旅店裡消磨了一下時間，但想起該買的東西還沒買完。

『我說啊，在太陽下山前，我們去採買東西吧？』

「要買什麼？」

『像是調味料，或是廚具之類的啊，露營時至少會想吃好一點吧？』

「嗯。」

『所以說，調味料很重要。』

「的確很重要，最優先事項。」

『那我們去雜貨店吧，只要問旅店的人，好歹會告訴我們哪裡有店吧。』

「知道了。」

『還是鎖個門好了，雖然房間裡什麼都沒放。』

「嗯。」

我們問了旅店小姐，她推薦我們一間店家。

好像一上街就會看到了。

『就是這裡吧。』

招牌寫著「劍齒虎雜貨店」。

「劍齒虎？」

『一點都不像雜貨店的名字。』

「可是，只有這家了。」

芙蘭說的沒錯，這附近只有這間雜貨店。

沒辦法，做好心理準備進去看看吧。

鏗啷鏗啷。

「歡迎光臨～～」

裡面就只是普通的雜貨店，要不是老闆是個肌肉大叔的話。

雖然寫成文字就只是「歡迎光臨～～」，但是用聲音來表現卻超粗獷的。整句話充滿男人味，可能要把所有文字都加上粗體才足以呈現原味。

「這裡是雜貨店？」

「是啊，雖然常有人弄錯，但我這裡可是如假包換的雜貨店。」

當然會弄錯了，誰教店名取什麼劍齒虎。而且店員又是個肌肉結實的壯漢，與其站在這裡，倒不如安排到地下城裡比較合適。

況且看看他的一舉一動就會知道，此人絕非普通老百姓。

鑑定看看吧。

名稱：盧夫斯　年齡：41歲
種族：人類
職業：商人
Lv：30
生命：188　魔力：73　臂力：150　敏捷：77
技能：搬運3、解體4、採集2、算術1、買賣2、戰鬥鎚技4、戰鬥鎚術6、追蹤2、冰雪抗性2、料理1、氣力操作、巨人殺手
稱號：巨人屠殺者
裝備：生意人圍裙、算術耳墜

怎麼看都不是商人的能力值，根本是中級冒險者，而且還是前衛的技能搭配。只有買賣與算術技能勉強跟商人搆得上邊，突兀感不是普通的大。

「你是冒險者？」

「以前是，但我一直以來的夢想就是開店。好不容易存夠了資金，三年前就不再做冒險者，開了這家店。」

「為什麼叫這個名字？不可愛。」

芙蘭小姐，講話再委婉點啦！

「哈哈哈，常有人這麼問我。其實是因為開店時，我覺得有個東西吸引顧客比較好，於是就

把那個掛了起來。」

老闆指向掛在店裡後面牆上的劍齒虎頭部標本，標本表情魄力十足，彷彿隨時會吼叫出聲。

「好帥。」

「是吧？可是女性顧客都不喜歡呢，明明那麼帥氣的說。」

這家店行不行啊？要不是旅店小姐介紹，我早就腳底抹油開溜了。

趁芙蘭他們在講話時，我環顧店內，商品種類倒是挺齊全的。不只調味料，日用雜貨之類的也很豐富。

「噢，我打擾到妳買東西了，慢慢看喔。」

『那麼，我要跟妳說買什麼嘍。』

「嗯。」

食鹽與香草類當然不可少，不過砂糖或香料類等價格昂貴的調味料我也想買。再來就是盤子或湯匙等餐具類，也買一買好了。

不過話說回來，這家店不會太不小心了嗎？跟日本不同，這個世界治安很差，我猜一定有強盜出沒。

但這家店跟日本一樣，把商品陳列在店裡，供客人自行挑選，這樣豈不是隨便扒手拿……？不，我看不是。老闆以前是冒險者，不可能坐視外行人順手牽羊。他一定是對防盜有自信，才敢採用這種陳列風格。

最後我們買了大約三千戈德的東西，離開了店家。

老闆好像把我們當成貴客了，要我們再來光臨，還熱情洋溢地目送我們離開。

『身上的錢大約還剩四萬戈德啊。』

「接下來要買什麼？」

『其實我想買藥水，可是……』

實在買不起太貴的藥水。

「我們有回復魔術。」

『可是等級很低吧？那種程度只能回復安心的。』

「那就提高等級？」

『這我也不是沒想過。』

自我進化點數剩下27點，技能等級提升一級需要2點，所以即使是1級的技能，也可以一口氣升到10級。我可以把技能等級提高一點，但是把點數用光又不太放心。

『但我有其他幾項想升等的技能。』

「是什麼？」

比方劍技。

在冒險者公會通過測驗後，公會長說過龍牙突是中級劍技。7級劍技屬於中級，換言之劍技應該也跟魔術一樣，升到10級後可以更上一層樓吧？

這是我的預測。

「嗯，我也這麼覺得。」

『對吧？』

劍技等級的上限是以劍術等級來決定，因此想讓劍技封頂，必須先將劍術封頂才行。所以會用掉相當多的點數，這大概是最大的問題點吧？

第二候補是分身創造，這項技能以目前的狀態來說雖然完全沒用，但升等之後就難說了，搞不好可以像分身靈蛇那樣用在戰鬥中？況且在辦理各種手續或購物時，只要我的分身裝成監護人，想必可以省去很多麻煩。

住旅店的時候，也用不著這麼辛苦了。

「這樣很棒。」

『對吧？』

再來就是瞬間再生或異常狀態抗性、物理攻擊抗性等降低死亡機率的技能吧。雖然不起眼，但在遇到困境時想必很可靠。而且這三項技能一般來說，似乎是相當難以取得的高等技能。

況且Lv尚低的芙蘭，光是挨中級以上魔物的一擊就會要命。在Lv夠高之前，再怎麼小心謹慎都不嫌過頭。

「真的是盲點。」

『像是瞬間再生之類的，我覺得提升一下等級不吃虧。』

再加上回復魔術，想必可獲得相輔相成的效果。

這樣想來，練瞬間再生似乎也行；但回復魔術可以用在他人身上，這點很重要。

與其等級不上不下，我比較想集中提升單一技能。

『哎，畢竟每種都是很好的技能嘛。』

回到旅店後，我們反覆討論，最後決定練回復魔術。因為回復魔術還可以回復異常狀態等等，我們覺得會很好用。而且芙蘭受傷時我可以幫她做回復，這點是關鍵。

此外，技能等級一提升之下，出現了治癒魔術1。

如同火魔術與火焰魔術的關係，治癒魔術是高於回復魔術之上的魔術。治癒魔術1能夠學會漸癒恢復術與大恢復術。漸癒恢復術好像就是普通的恢復術加上持續療傷的效果；大恢復術就是回復量增加的恢復術，如果是一點點斷肢的話，用這種回復術可以完全治好。兩者都是非常有用的魔術。

順便還得到了稱號「回復魔術師」，大概就跟火魔術師差不多吧。

『這下回復手段萬無一失了。』

「嗯。」

『那麼，明天要做什麼？要不要去冒險者公會找找委託？不過手頭還有錢，想閒晃幾天也行就是了。』

「我要找委託。」

『可以嗎？這樣要到城鎮外面喔。』

「可以。」

『那明天就去公會吧。』

「好，很期待可以做冒險者的工作。」

『對啊，目前這陣子得先替妳練Lv才行。』
「然後呢？」
『芙蘭妳想做什麼？想做什麼都行喔？』
「想做什麼都行……」
『妳有什麼想做的事嗎？』
「呃……？」
『哈哈哈哈，慢慢想沒關係，反正時間多的是。』
「好，我會的。」

第三章

冒險者公會與慣例

這是我們在旅店迎接的第一個早晨。

當然按照慣例，一定要喃喃自語一句「陌生的天花板」。

不過我不用睡覺，所以沒有所謂的起床就是。

我叫醒早上容易賴床的芙蘭，讓她換衣服。

我用淨化魔術替她清潔身體，再用魔術創造的水幫她洗臉。

芙蘭的髮型，是髮梢帶一點蓬鬆慵懶的自然捲，兩側稍長的短髮。因為有自然捲的關係，早上起床時的髮型很嚇人，我不忘用水幫她拉直睡亂的頭髮。

「早。」

『睡得好嗎？』

「好到不行。」

然後我們去餐廳吃早餐。

「來嘍，為妳上早餐套餐！」

木製餐盤豪邁地放在芙蘭面前。

盤裡裝著硬梆梆的黑麵包、煎蛋捲、兩根香腸以及水煮紅蘿蔔，再搭配一份沒多少料的湯。

『怎麼樣？』

「好吃。」

芙蘭原本是奴隸，似乎吃什麼大多都覺得好吃，狼吞虎嚥。

乖喔乖喔，要多吃一點健康長大喔。

（不過，師父做的料理比這好吃多了。）

昨天吃晚餐的時候，她也是這麼說。

『哈哈，妳嘴巴真甜。』

（我是說真的，我想吃師父做的料理。）

畢竟我料理技能封頂了嘛，現在這座城鎮裡廚藝最精湛的竟然是我這把劍，狀況真詭異。

而且可能多虧有前世的記憶，即使技能等級相同，菜色變化等等似乎還是我比芙蘭豐富。

明明她都有料理王這個稱號了。

好吧，意思大概是無論等級多高，也不可能做出這個世界沒有的料理吧。

看樣子我真的得考慮大量製作、大量保存料理了。

『等接下委託，出了城，午餐就由我來煮。』

「好期待，趕快出城吧。」

『那麼，得去找委託才行嘍。』

「嗯。」

事情就是這樣，我們來到了冒險者公會。

「妳好。」
「妳好，妳是來找委託的嗎？」
「嗯。」
「委託告示板在那邊，G級冒險者能接受的委託，只有最左邊的G、F級委託，請留意。」
我們先從G級委託看起。
G級冒險者人數本來就少，再加上現在是早上，告示板前沒半個人。
『採藥、獵捕山豬、宅邸拔草，還有上街撿垃圾？』
「不怎麼樣。」
『就是啊，酬勞也少。』
那F級委託呢？
『有好一點，但……』
討伐五隻哥布林、撲滅牙鼠、進森林採菇類。
這邊也不怎麼樣，但我們接不了更好的委託，沒辦法。
況且芙蘭Lv的確很低，在芙蘭Lv夠高之前就先打打小怪吧。
「那就這個。」
『採藥是吧，也好，反正是第一次接委託，這個也不錯吧？』
要採的藥草叫作恢復草，可以當成五級藥水的材料。
這種藥草，森林裡長了很多。

「這個。」
「好的，那麼，妳要接下這份委託對吧，確認受理了。」
「嗯。」
「妳知道恢復草的外形等情報嗎？如果不知道，我們這邊有資料。」
「不要緊。」
「這樣啊。初級只要達成五份委託，就能從G級升上F級喔，加油。」
「嗯，謝謝。」
「不會。」
昨天發生過那場騷動，櫃檯的妮爾小姐卻好像很喜歡芙蘭，太好了太好了。
『好～～我們走吧！』
「嗯。」
到了城門一拿出公會卡，對方二話不說就放行了。男性門衛似乎還記得芙蘭，聽她說自己是冒險者，嚇了超大一跳。
『要往哪走？』
「嗯……那邊。」
『箇中含意是？』
「直覺。」
答得好。反正這委託也不趕時間，就隨她高興行動吧。

『途中看到恢復草以外的藥草什麼的，也順便採一點吧。這樣回去之後，應該有些委託能夠立刻交差。』

「師父是天才。」

『哈哈哈，可以再多稱讚我一點沒關係喔。』

「師父是大天才。」

我們悠悠哉哉地在森林裡前進。

恢復草已經摘到足夠交差的量了。

其他藥草或菇類、樹果也摘了一大堆。

憑著採集、藥草學與料理技能，我們能辨識出這些植物是否有用。

除此之外，危機察知也很有效。像是一些有毒素材即使只知道效果而不知道詳細的使用方法，也能感覺出其危險性的高低。換言之，我們能判斷這些植物作為有毒素材，有沒有利用價值。

多虧有次元收納，想拿多少都拿得動。所有看了感興趣的植物，我們統統摘了再說。

「師父。」

『嗯。』

芙蘭突然停下腳步。

不過，我並不吃驚，因為我也感覺到了。

『是哥布林啊，數量有十隻以上呢。』

「嗯。」

『不過，這附近哥布林還真多呢。』

芙蘭已經伸手放在我的劍柄上，準備迎戰。我也不阻止她。

如果是哥布林集團的話，打起來安全，經驗值也不錯。

不過不推薦給一般初學者就是了。

『有冒險者被包圍了？』

「那邊。」

『冒險者有三人，哥布林有……』

「十三隻。」

『而且其中還有高等種耶。』

似乎是哥布林．士兵、哥布林．盜賊與哥布林．弓箭手在率領集團。

相較之下，冒險者們看起來還只是新手。他們身穿便宜武具，臉色發青地瞪著包圍自己的哥布林集團。

『一名戰士、一名弓兵、一名魔術師是吧。雖然隊伍組合有取得平衡，但被敵人逼近到那種程度，我看不樂觀喔。』

而且所有人都受了不輕的傷勢，魔術師更是身受重傷。

「我們去救他們。」

『好。』

「用魔術減少一點敵人，再介入戰局。」

我們兩人同時詠唱土魔術。

我詠唱的石彈術，是將小飛石像散彈般射出的魔術，威力很低。只不過，我的魔術灌注了比一般多出五倍的魔力發動，每一發飛石都具有子彈般的極大殺傷力。

不只如此，如果敵人擠在一起，這招還能同時波及多個對象。

這似乎是因為我擁有魔法師技能，才能施展這種硬上蠻幹的粗暴招數。只可惜這項技能無法共享，芙蘭只能照一般方法使用魔術。

雖然只要使用火魔術就能一次搞定，不過在森林裡放火太危險了。

「石箭術。」

『石彈術！』

芙蘭的魔術打倒一隻，我的魔術打倒五隻，速戰速決打倒了總共六隻，其中一隻是哥布林・盜賊。

〈芙蘭的Lv上升到4。〉

這時芙蘭升等了，看來敵人雖然是哥布林這種小怪，但畢竟是高等種。

雙方都不知道發生了什麼事，陷入混亂。芙蘭趁這時候，早已急速逼近哥布林們。

『剩下七隻。』

「呼。」

芙蘭於擦身而過之際砍殺兩隻，身子滑入冒險者們與哥布林之間。

當然，我也有在做事喔。對冒險者們而言，最棘手的想必是哥布林‧弓箭手，被我用石箭術解決掉了。

「咦？小孩子怎麼會……？」

「超強！」

冒險者們大吃一驚。

一部分哥布林總算從驚嚇中振作起來，由士兵帶頭襲向我們。

「嘎嘎喔嗚！」

哦哦，知道我們很強，於是毫不猶豫就動員所有戰力襲擊我們？

明明是哥布林，判斷力倒是不錯。

『哎，不過沒用的啦！石彈術！』

我在戰鬥中一刻不停息地詠唱，因為我不需要呼吸。

所以石彈術的咒文早就詠唱完了。

右邊兩隻吃了飛石子彈，口吐鮮血一命嗚呼。

來自左邊的兩隻也不是芙蘭的對手。

「太慢了。」

芙蘭使出二連劈斬，最後一隻也在一瞬間內淪為刀下亡魂。

才短短二十秒，整個戰況全變了，冒險者們一臉呆笨地發愣。

其實我有點想繼續欣賞他們的呆相，不過放著傷患不救治總是不太好。

『回復魔術這麼快就派上用場了。』
確認能力值後，得知冒險者只是生命力減少罷了。身體沒有損傷，也沒有中任何異常狀態。
『用普通恢復術就可以了。』
「──療癒之光，圓環恢復術。」
這是回復魔術7的咒文，範圍回復魔術「圓環恢復術」。
大概是另外兩人雖然平安無事，但也多少受了點傷，所以就順便回復了。
真是個心地善良的好女孩啊！
「這麼小的孩子竟然會使用圓環恢復術？」
「天啊，那不是中級魔術嗎！」
他們看起來很驚訝，男性戰士的一句話，讓女性弓兵睜大了雙眼。
「還有，那是魔劍嗎？」
哦哦，注意到我了啊。
好吧，誰教我的外型比起其他刀劍格外高貴，明眼人一看就會注意到了。哎呀～～真是傷腦筋呢。
「先、先別說這些了，尤斯塔斯！你還好嗎！」
「你不要緊嗎？」
「奇怪？傷都好了？」

原本受了重傷的魔術師，似乎也已經沒事了。

我們做了這麼多，如果他們還跟芙蘭找碴，或是花言巧語想利用她，我可是會有～點動怒喔。

「要不要緊？」

「不、不要緊，謝謝妳救了我。」

「謝謝妳。喏，你也跟人家道謝！」

「咦？謝、謝謝妳。」

嗯，首先要道謝，這是基本禮貌。

看樣子這些人跟昨天那些白痴不一樣。

「妳是，呃……冒險者嗎？」

「嗯。」

「呃，可以請教妳的名字嗎？」

「芙蘭。」

聽了這個名字，冒險者們你看我，我看你。

（妳聽過嗎？）

（沒聽過，但如果有這麼個引人注目的女孩，我不可能沒聽說。）

（就是啊。）

（我也沒聽過。）

藏在眼神裡的意思，大概就是這些吧。

「我叫克瑞爾，她是莉莉，他叫尤斯塔斯。」

對方彬彬有禮地向我們做自我介紹。

可是，芙蘭似乎已經對他們失去興趣了。

「是喔。那我先走了。」

應該說她是想趕快確認升等後的能力值。

『這樣好嗎？說不定可以收到點謝禮喔！』

（太可憐了。）

哎，也是啦。這些傢伙一看就知道是新手，無法期待能拿出多大的謝禮。應該說如果真要索取，可能會變成硬搶人家的東西。

然而芙蘭正要早早離去時，對方的隊長級人物——戰士克瑞爾挽留了她。

「請、請等一下。」

「唔？」

「這些哥布林是妳打倒的，歸妳所有。」

「啊？這個小妹妹打倒了這些哥布林？你胡說啥？」

「好了啦，你少插嘴！」

「妳救了我們一命，我們不能再接受妳的施恩。」

真是有心。

現在如果拒絕，說不定反而會留下壞印象。
『只收高等種素材的話，應該不會怎樣吧？』
「知道了，那我只拿高等種。」
「咦？裡面有高等種嗎！」
喂喂，你們連這都沒看出來喔？
從外觀的確很難判斷，但高等種的體型與犄角都比較大一點啊。
「嗯。」
芙蘭放著驚訝的三人不管，自顧自地剝取素材。
眼看著她從士兵、盜賊、弓箭手一路剝下來，冒險者們的臉色變得越來越可怕。
芙蘭把犄角與魔石收進掛在腰上的袋子裡。
不過這個袋子其實是障眼法，假裝收進袋子裡，實際上是收進了次元收納空間。
「高等種有三隻？」
「這樣看來，情況不太樂觀吧？得通報公會才行……」
「不不，先等等，真的是高等種嗎？」
這些人比我們想像的還要慌張呢。
看樣子似乎是出了某種問題。
「怎麼了？」
「不是，如果高等種同時出現多達三隻，那得向冒險者公會報告才行！」

「為什麼？」

「還問為什麼，妳不知道嗎？」

「嗯？」

「高等種出現，表示附近可能有哥布林王。」

冒險者們的解釋，歸納起來就是——

哥布林集團如果有哥布林王，統率力會大幅攀升，戰鬥力大增。

這個我也知道。

如此牠們不但能狩獵更多魔獸，死亡個體也會減少，而出現更多進化為高等種的個體。這麼一來戰鬥力就更強，使得集團更加強盛，而形成最糟的惡性循環。

而當集團擴大到某個程度後，女王就會誕生。平原之所以沒有女王，大概是因為周遭有強悍魔獸，集團無法成長到一定以上的規模吧。

重要的是，哥布林王與女王之間生下的小孩，全都會成為巨型哥布林。

而巨型哥布林與一般哥布林之間生下的小孩，也都會成為巨型哥布林。

巨型哥布林的個體威脅度為F，比哥布林高一級。聽說哥布林王率領的集團即使全都只是一般哥布林，威脅度也高達D以上。也就是說按照常理來想，哥布林王率領的巨型哥布林集團，威脅度絕不會低於C。

「一旦變成那樣，就沒人對付得來了，將會演變成魔獸災害。」

「這樣一來，根本無法想像會有多少村莊被消滅。」

原來如此，對這附近的冒險者而言，想必是攸關生死的問題了。

雖然對我而言不過是美味的飼料堆，但對目前的芙蘭而言還是一大威脅。

既然如此，及早擊潰比較好。

「我們這就前往冒險者公會，報告這件事。」

他們說完，各自扛起高等種的屍體。

因為即使素材已經剝掉，屍體帶去還是能當作證據。

「嗯。」

「那麼，失陪了。」

「今天真的很謝謝妳喔。」

「好像讓妳救了我一命呢，多謝啦！」

以結果來說我們得到了哥布林的素材，又解救了有前途的年輕人，戰果還算不賴。

『那麼，把魔石吸收掉吧。』

我們移動到遠離新手隊伍的位置，拿出魔石進行吸收。

雖然這些技能我都有了，不過積少成多嘛。

我心懷感激地吃下肚了。

「師父，幫我看能力值好嗎？」

『好好好，現在幫妳看喔～～』

「嗯。」

名稱：芙蘭　年齡：12歲
種族：獸人．黑貓族
職業：魔劍士
Lv：4
生命：41　魔力：29　臂力：28　敏捷：49

能力值上升了不少耶，特別是臂力與魔力，才升了1個Lv而已就上升了4點，這是魔劍士帶來的效果。我將上升的數值告訴芙蘭。

「感覺不錯。」

『對啊，繼續努力練等吧。』

「好——」

面無表情地握拳朝天的芙蘭也好可愛喔～

好，我也來鼓起幹勁，尋找獵物吧！

與新手隊伍告別後過了一小時。

我們正在與哥布林集團交戰。

「二連劈斬！」

「嘎哈嗝！」

「咻啾——！」

從右斜斬連接刀刃撈擊的高速劍技，劈死了兩隻哥布林。

〈芙蘭的Lv上升到９。〉

「又升等了。」

『好好好，晚點再確認喔。』

我使出的魔術打穿了哥布林，芙蘭的劍技將其砍成兩半。

即使如此，怎麼打都打不完。

起初我們為了獲得經驗值，每找到幾隻哥布林就進行狩獵，一直重複這個步驟。然而，周遭的哥布林漸漸地越變越多，最後變成了超過一百隻的集團。

我們本來也無意對付這麼大的數量，只是有點得意忘形了，或者該說被經驗值沖昏了頭，所以追得有點太深入了。

可能這裡是離窩巢很近，使得敵人數量在短時間內激增，應該也是我們遭到包圍的原因之一。其中有好幾隻高等種，而且行動很有紀律。

『又有新的來了！』

「嗯！」

咻咻咻咻咻！

無數飛石穿過樹林間的縫隙，襲向芙蘭。不只石頭，其中還混雜了木片。

是將我們團團包圍的哥布林們一齊投擲出來的。
碰上從四面八方來襲的飛石，實在無法全身而退。
「師父！」
『嗯，交給我吧，火牆術！』
火焰圓頂罩住了芙蘭的身子，保護她免受飛石攻擊。
然而那些傢伙的攻擊可不只這樣。
『要來了！』
「嗯！」
芙蘭舉起了我。
當火牆消失時——
「哥嚕啦！」
「啾啾加！」
「嘎嚕——！」
十隻哥布林一齊來襲，撲向芙蘭。
其中兩隻大概是跳得太急，惡狠狠撞上火焰牆，全身著火滿地打滾。
「沉重劈斬！」
芙蘭躲掉哥布林的攻擊，於擦身而過之際將我劈向敵人。
就在她這樣宰掉五隻之後，緊接著……

「嘎哈！」

「嗚……」

「唧唏哈！」

「啊嗚！」

芙蘭沒能完全化解哥布林們的武器攻勢，嬌小的身子飛濺出鮮紅血花。

劍刃割傷了肩頭，槍尖挖傷了背部。

然而芙蘭忍住劇痛，毫不畏縮地揮劍。

我很想建議她安裝痛覺鈍化，但那種技能會讓感官類型能力變遲鈍，反而可能變成累贅。

「喝啊啊！」

平常文靜乖巧的芙蘭發出吶喊，砍向哥布林。

這樣就又擊斃了十隻。

重複了幾次這種攻防後，芙蘭周遭躺臥著將近四十隻哥布林的屍骸。

即使如此，我覺得包圍芙蘭的哥布林數量並未減少。

『中量恢復術！』

「呼……呼……」

『喂，芙蘭！妳還好嗎？』

「……沒事！」

『準備開溜吧，想賺經驗值，多的是更有效率的方法。』

我們大概是把事情看得太簡單了。

不管是哥布林還是戰鬥。

我這具身體不會痛也不會累，就算遭到破壞也能馬上修復。

無論是好是壞，除了遇到強悍魔獸之外，我從沒陷入過苦戰。

因為這樣，導致我危機意識不足。嘴上跟芙蘭說要注意危險、對她來說還太早，其實心底大概覺得只要有我在總有辦法解決。

結果搞成這樣，面對哥布林陷入苦戰。

但現在後悔也太遲了。

回復魔術當中有生命力自動回復，或是陷入瀕死狀態時能治癒傷口的魔術等等，這些魔術能幫助芙蘭不容易喪命。繼續這樣打下去，終究會是我們的勝利。

但在贏得勝利之前會受多少疼痛，要流多少的血？

芙蘭恐怕還沒有那種覺悟。

在她還沒對戰鬥感到恐懼，留下心理創傷之前，我們應該暫且撤退。

『又有敵人要來了！趁現在還逃得掉！』

只要運用浮游與空中跳躍，就能在空中移動逃跑。

要突破哥布林們的包圍網想必不難。

「我不逃。」

『妳、妳在說什麼啊！繼續受皮肉痛也沒意義吧！只要獵殺個大一點的魔獸，要賺更多經驗值也不是問題！』

她是在嘔氣嗎？

「有意義。」

芙蘭簡短低喃後，舉起了我。

她臉上浮現出堅強的決心。

「只要有師父在，我就不會死。能知道疼痛，而不用擔心喪命。能藉此習慣戰鬥，還能累積經驗。」

『芙蘭……』

「為了變強，我早就覺得需要打更危險的極限戰鬥了，這個戰場正好適合我。」

說完，芙蘭面露勇猛的笑意。

嗯，我真是太小看芙蘭了，看來芙蘭早就有所覺悟了。

只有我一個人沒做好覺悟。

是我的決心不夠，還不敢讓芙蘭受傷。

「我一定會讓妳變強」？沒錯，只要由我主導練等，Lv一定可以有所提升。

但那能算是真正的實力嗎？

若是沒有忍受創傷與疼痛，在實戰中獲得經驗與精神力，光是提升Lv又有什麼意義？

我想，芙蘭早就清楚這點了。

「請師父掩護我。」

太了不起了，跟我這種在日本衣食無缺地長大的草莓族相比，做出的決心完全不同。

很好，我也做好覺悟了。下定決心！我不會再有所遲疑了，天真幼稚的護女心態也要拋開。

在這裡的，不是沒有我的庇護就什麼也辦不到的柔弱小貓，而是磨利獠牙的猛獸幼仔。

『回復就交給我！』

「嗯！我要上了！」

芙蘭飛奔而出，頭也不回地衝進哥布林集團。

「哈啊啊啊！」

「啾嘎喔——！」

然後，她隨心所欲地揮劍。

灌注全副臂力揮砍的劍刃，把哥布林連同盔甲當頭劈死。

發揮最快速度突刺而出的劍尖，殺得哥布林猝不及防，貫穿牠的心臟。

彷彿要試遍所有技巧，忽縱忽橫施展而出的劍擊，將周圍的哥布林逐一砍成碎片。

她不只是打倒敵人，而是知道自己的極限，為了累積經驗值而戰。

要更強，更快，而且更靈巧。

芙蘭腦海裡描繪出理想中的自己，為了盡可能接近那樣的自己，一次次揮舞劍鋒，把哥布林砍倒在地。

有時她也會遭受嚴重反擊。

痛楚使她動作停了一瞬，哥布林抓住這個破綻，槍矛貫穿她的左臂，短劍挖傷她的腿。

有的哥布林抱著必死決心撲上來咬人，有時斬殺的哥布林肚破腸流，潑得芙蘭一身腥臭。但芙蘭從不畏怯。

這一切都化為芙蘭的血肉，為她的成長提供養分。

為了不再遭受同樣攻擊，她即使被砍傷，即使被石頭扔中，也絕不停下動作。不管遭受到何種攻擊，她都不別開目光，絕不輕敵。

就連與芙蘭並肩作戰的我來看，她的覺悟都令人驚嘆。

為了讓芙蘭累積實戰經驗，我徹底當個支援者。

好讓芙蘭盡情發揮力量，直到她滿意。

看著看著，我發現芙蘭開始有了變化。

「哈！喝啊！」

剛才那個動作好像挺厲害的？明明沒有發動劍技，卻快得跟「三重猛攻」一樣。

現在這個動作也是，能與二連劈斬相提並論——不對，那身手已經超越二連劈斬了。

我本來以為芙蘭用劍術用得很上手……

看來之前的她，其實根本還沒練熟。

不，這或許也是無可厚非的吧？

一個人有一天突然得到高等級的劍術，肉體或大腦怎麼可能三兩下就適應。大概是之前都只有對付小怪，而且戰鬥都是一瞬間就結束了，所以還沒問題。

而在極限實戰當中，她的技能與肉體終於漸漸契合了。

至今我認為犀利無比而大感佩服的劍法，其實只是快而已。我以為多彩豐富的攻擊，其實也不過是容易預測的單調攻擊。

但現在不同了。

芙蘭化解哥布林攻擊的次數增多，出招以驚人速度變得越來越準確。

攻擊或動作的種類變得更多變，一舉一動都漸漸剔除了多餘動作。

正可謂人劍一體。

芙蘭的精神、肉體與本領，在短時間內展現出顯著成長。

兩小時後。

「呼……呼……」

『芙蘭，妳做得很好！』

「嗯……！」

哥布林的屍體散落滿地，血與體液覆蓋了整片土地，簡直如地獄般悽慘。

在這些的中心，芙蘭拄著我充作拐杖，勉強站著。

多虧有回復魔術，她身上沒有傷口。

但體力消耗得很劇烈，肩膀起伏大口喘氣。

她全身滿是自己的血與敵人反濺的血，泥土塵埃緊黏身上，髒到一點乾淨的地方都沒有。

剛買來的防具也變成了暗紅色，特別是禮服鎧甲損傷嚴重，看來需要修理。

假如我更積極地採取攻勢，想必不會苦戰到這個程度。

但這是有所必要性的苦戰。

數值上來說只是Lv升了８級，但芙蘭獲得的成長不止於此。

例如她從戰鬥途中開始，在解決哥布林之際必定能將魔石打壞，就可見一斑。也就是說身處混戰，對手動作又激烈，但她已經達到能正確瞄準其要害的層次了。

『——精力恢復術。』

我為她重複施加了幾次回復體力的魔術，但精神疲勞就實在無法消除了。

『稍微休息一下吧，我會對周遭保持警戒。』

那我就來處理素材，然後吸收一下魔石吧。

「我來幫忙。」

『啊，喂，妳還行嗎？』

「我想趕快弄完，離開這裡。」

『說得也是……結果哥布林王沒有出現，趁援軍還沒過來前，趕快搞定或許比較好。』

「嗯。」

『那麼，武具與犄角就麻煩妳，我以吸收魔石為主。』

「知道了。」

半小時後。

『大致上都撿好了吧。』

「好多。」

『是啊，魔石值可是一口氣儲存了將近200點呢。』

雖說是因為高等種很多，不過嘍囉哥布林也是，少說有一百隻以上。

『不過，都沒有魔獸過來呢。』

「嗯，很輕鬆。」

四下血腥味這麼濃，我是覺得魔獸不可能沒感覺到。

結果牠們是有靠近過來，但忽然轉換方向，掉頭就走。

也許牠們雖然智商低，但目睹這片慘狀還是會怕吧。

不過就像芙蘭說的，這樣回收素材比較輕鬆，值得慶幸就是了。

『還得到了幾項新技能呢，而且都是些有趣的玩意兒。』

這次戰鬥最大的戰果，當然是芙蘭的成長。

只不過除此之外，我們也獲得了很多東西，我是指物理層面。

即使剔除掉折斷或生鏽的，鐵製與青銅製的武器仍有五十把之多。

防具也有個幾件，不過又臭又髒，幾乎都扔掉了。

還有少許帶有魔力的道具，這算是一大收穫。

詳細效果待會兒再檢查吧。

至於新技能，種類有這些——

詠唱縮短、雜技、踢腿術、踢腿技、死靈魔術、毒素吸收、毒素魔術、斧技、不動之心。

這些技能是從巨型哥布林・黑暗法師、巨型哥布林・死靈法師、巨型哥布林・摔角手、巨型哥布林・角鬥士等四種敵人身上獲得的。

不過，也不是沒遇到問題。

『剛才有巨型哥布林呢。』

「嗯。」

提供我們新技能的四隻魔獸，是巨型哥布林。

其能力值跟以前打倒過的哥布林王不相上下。

這也就是說，哥布林女王已經誕生，開始繁衍後代了嗎？

『我說啊，哥布林的成長速度快嗎？』

「快，聽說大約十天就能長大成人。」

『真的跟昆蟲一樣快耶，這樣情況豈不是很不妙嗎？』

也就是說，有可能發生巨型哥布林大量繁殖的狀況？

『我們最好回城向冒險者公會報告一下。雖然我很想只靠我們狩獵，但是放著不管，難保不會造成嚴重災害。』

「嗯。」

總之，我打算先把巨型哥布林的屍體收起來，然而——

我感覺到有人靠近。

『芙蘭！』

「嗯。」

要是被人看見我飄在空中就糟了，我急忙趕回芙蘭跟前。芙蘭不慌不忙，抓住我的劍柄將我放回背後。

過了一會兒，我看見一大群冒險者從樹林另一頭跑來。

帶頭的似乎是個矮人，明明體型活像長了手腳的木桶，想不到速度竟能那麼快。我還看到了幾小時前，我們搭救的那幾個新手。

「就在那邊！」

「喂，這全部都是哥布林嗎？」

「這片慘狀是怎麼搞的啊……！」

『這下省事了。』

想必是克瑞爾等人去報告哥布林一事，公會派人員過來了。

「小妹妹！妳沒事吧！」

「有沒有受傷？」

「不要緊。」

「這些……全都是小妹妹妳打倒的？」

「嗯。」

芙蘭一點頭，十名冒險者全露出了一樣的驚愕表情。

「這麼多的數量……只憑一個人……？」

「如果她是說真的，那就是E級……不對，她不是在狹窄巢穴裡，而是一次對付整支大軍，那可是D級冒險者的水平啊。」

「咦！D級？」

「真的假的？」

他們怎麼好像自己談得很起勁啊。

記得冒險者的階級，好像是配合怪物的威脅度來決定的？

印象中好像是事前做好萬全準備，組成隊伍對付某個階級的魔獸，如果不出人命而對付得來，就表示與這種魔獸同等級；或是能單槍匹馬對付比自己等級低一個階級的魔獸？

換言之假如是E級冒險者，就是與同個階級的四～六名冒險者組隊，能獵殺一隻威脅度E的魔獸。而如果是F級的魔獸，就得靠自己一個人討伐成功。

『呃～～哥布林一隻是G，十隻是F，一百隻是E對吧？』

所以說獨自一人打倒一百隻哥布林的芙蘭，最起碼也有D級的實力嗎？不止如此，這次是超過一百隻，其中還包括好幾隻高等種，而且是在於對手有利的森林裡同時對付集團；這點似乎又稍稍提高了冒險者對芙蘭的評價。

看起來像隊長的矮人男性正在向同伴解釋。

嗯嗯，聽芙蘭被人稱讚感覺真好。可以再多稱讚一點沒關係喔。

不過芙蘭似乎不怎麼在乎這些評價就是了。

她打斷矮人的話，把巨型哥布林的屍體往他們眼前「咚」地一擺。

「這個。」

「這是巨型哥布林嗎？」

「那邊還有。」

「而且有四隻？」

「狀況已經演變到巨型哥布林都出巢了嗎！」

看樣子狀況好像相當危急。

他們說繼續坐視不管，十天以內就會發生「哥布林亂竄」，也就是哥布林大舉入侵。

「噢，不好意思，還沒自我介紹呢。我叫埃勒本特，是亞壘沙的D級冒險者，可以請教妳的名字嗎？」

「芙蘭。」

「妳是旅客嗎？感謝妳幫大家在這裡擋下了哥布林。」

「嗯？我是亞壘沙的冒險者。」

「唔？不，可是我在亞壘沙待了十年以上，並沒有見過妳……」

看他那副表情，就像在說芙蘭是個嬌小的美少女，武藝又高超，他怎麼可能會看漏。

跟埃勒本特似乎同隊的三名男子也在點頭。

另一支由一群獸人組成的隊伍，也是相同的反應。

「我昨天登錄的。」

「啊？」

「怎麼可能！那妳的階級是？」

「G。」

「啊～～？實力這麼強悍，還只有G？這是哪門子的玩笑話！」

「不，階級與實力有時會不一致。像是精靈等種族當中，有人在森林裡長年修行之後才來到人界，登錄成為冒險者後，階級雖然是G，實際的實力卻相當於D。」

「原、原來如此。」

「就是嘛～～」

「真是的，芙蘭小姐妳人也真壞！」

啊啊，結果都是這種結論呢。

因為即使外貌稚幼，只要是成長緩慢的長壽種族，「其實我至今已經修行了十幾年」這種說詞就能成立。

『這些傢伙自以為搞懂了耶，不用糾正他們的錯誤嗎？他們一定以為芙蘭是裝嫩，其實是個老太婆。』

（無所謂。）

看來她還真是完全不在意別人怎麼看待她，有夠爽快。真可惜，本來想看看這些傢伙的驚訝表情呢。

不過反正解釋起來也很麻煩，算了吧。

「總、總之，女王所在的巢穴，光靠我們是解決不來的，先回公會一趟吧！」
「也是。不好意思，希望芙蘭小姐可以跟我們一起來。」
「知道了。」
「感謝。那麼，我們回去吧，情況分秒必爭。」
「好！」

名稱：芙蘭　年齡：12歲
種族：獸人・黑貓族
職業：魔劍士
Lv：12
生命：113　魔力：66　臂力：89　敏捷：91
稱號：解體王、回復術師、技能收藏家、火術師、料理王
〈NEW〉身經百戰、哥布林殺手、殺戮者

芙蘭的能力值就像這樣，能力值上升得超多，而且還獲得了足足三個稱號！
身經百戰：一場戰鬥中，單槍匹馬擊退超過一百個以上同樣或更高階級敵人者，可獲得此稱號。
效果：生命上升40點，臂力上升20點，獲得技能「堅定不移」。

哥布林殺手：於同一戰場上，殺死超過一百隻哥布林者，可獲得此稱號。
效果：獲得技能「哥布林殺手」。
殺戮者：於同一戰場上，單槍匹馬奪取了一百條性命者，可獲得此稱號。
效果：敏捷上升１０點，獲得技能「精神安定」。

技能
堅定不移：身處逆境時，獲得恐懼無效、回復速度上升【大】。
哥布林殺手：對哥布林造成的傷害量上升。
精神安定：面對殺傷降低心理障礙，並獲得殺傷後的精神安定效果。

好好喔，真羨慕她有這些稱號。我似乎因為身體是劍，而無法得到稱號。
不過話說回來，其中就屬身經百戰的效果特別威猛耶。不愧是獲得條件困難的稱號，光是這個都有點開外掛了吧？效果實在太強了。
還有，我注意到一件重要的事了。
現在才發現或許太慢了，不過芙蘭自己獲得的技能，不包括在我的安裝技能裡。
芙蘭學會的技能如果與我重複，我可以從安裝技能中拆掉這項技能，取而代之地拿各種技能來替換。
跟冒險者一同前往城鎮的路上，我把能力值的內容告訴芙蘭。

（身經百戰？超稀有的稱號！）
『是喔？』
（這可是英雄的稱號！）
平常冷靜的芙蘭竟然有點興奮起來，大概是真的太高興了。
「我說啊，小妹妹，妳沒跟人組隊嗎？」
「組隊？」
「是啊，如果妳還沒跟人組隊，要不要跟我們一隊？」
埃勒本特居然開始獵才了，眼神看起來好像是認真的。
「等一下，我們也在找機會想邀她耶。」
「不可以偷跑，每個隊伍都想要優秀的冒險者啊。」
不只如此，另外兩支隊伍聽到這句話，竟然也開口邀她。
好像大家都很欣賞芙蘭，真讓我高興。
『他們是這樣說的耶，怎麼辦？』
（我只要師父作我的隊友。）
『妳也可以隱瞞我的存在，加入其他隊伍喔。』
（不用，我有師父。）
『這樣啊。』
也是啦，又不能讓別人看到我的能力。

想組隊恐怕有困難。
目前來說啦。

與哥布林集團交戰後，我們迅速返回了亞壘沙。
其實我很想先去修理防具，但其他人把我們帶去了公會。
作為基本禮儀，我用淨化魔術清理了汙漬，但看起來依然很糟。
只不過好像沒有任何冒險者在意這一點。
「埃勒本特先生，情況怎麼樣？」
「嗯，我有事要向公會長報告。」
「請稍候，我這就去請示會長。」
大概是看了埃勒本特的嚴肅神情，領悟到事態的嚴重性了吧。
妮爾小姐急忙離席，到後側去了。
幾分鐘後，妮爾小姐回來呼喚我們：
「公會會長請各位過去，這邊請。」
進入公會長的辦公室，就看到公會長與多納多隆多這個二人組。
「來聽聽各位的報告吧。」
「好。我們跟克瑞爾他們一起去了現場，結果在那裡遇到了芙蘭小姐。」
「當時戰鬥已經結束了。」

「這樣啊。那麼，我有事想請教芙蘭小姐……」

公會長輕嘆了口氣。想必是因為他知道芙蘭有多不愛開口。

看他一副思考著如何讓芙蘭開口的表情。好吧，這裡就由我出手相助好了。

畢竟狀況似乎挺緊急的。

「可以請妳把狀況告訴我嗎？」

『芙蘭，把犄角拿出來給他看。』

「嗯，這個。」

芙蘭從偽裝成道具袋的次元收納空間中，取出巨型哥布林的犄角。

「這是……巨型哥布林的犄角？」

公會長使用鑑定技能看出它是什麼後，表情嚴肅地將它拿起來。

「哥布林當中混雜了巨型哥布林嗎！那些哥布林總共有多少隻？巨型哥布林有幾隻？」

多納多隆多也將犄角拿在手上，顯得很驚愕。

「很多。」

「呃——麻煩再說得清楚點。」

『差不多有一百三十隻。』

「差不多一百三十隻。」

『巨型哥布林四隻，高等種差不多二十隻。』

「巨型哥布林四隻，高等種二十隻。」

「怎麼可能！」

多納多隆多忍不住站起來。

「這完全就是哥布林亂竄的前兆嘛！」

「請冷靜下來，多納多隆多。」

「不、不好意思。」

「好了，我想問芙蘭小姐一個問題——那些哥布林後來怎麼了？撤退了嗎？」

「我全部打倒了。」

「原來如此，牠們沒有撤退就是了。」

「嗯，直到最後都向我衝過來。」

「那真是太糟糕了。」

什麼事情糟糕？

據公會長所說，芙蘭打倒的哥布林們等於是為了減少吃飯的嘴，被趕出窩巢的。

也就是說繁殖到了一個程度，窩巢養不起這麼多下級哥布林，於是在哥布林王的命令下，多出來的只能離開窩巢。

所以牠們才會抱持著必死決心，挺身抵抗可能威脅到窩巢安全的芙蘭吧。

其中還混雜了巨型哥布林或高等種，由此可見窩巢中已有夠多的巨型哥布林可以鞏固防守。

「這次的哥布林亂竄，規模恐怕會很大啊。」

「向冒險者們發布緊急召集令吧。」

「是不是就今明兩天做準備，後天嘗試剿滅窩巢？」

「是的，先讓盜賊系冒險者尋查窩巢的位置吧，我要提出特別委託。」

「那麼，我去把藥水類買齊好了。」

大家開始忙碌了起來。

除了妮爾小姐以外，其他櫃檯小姐也被叫來，分派各種指示。

「那麼，埃勒本特先生，我想再麻煩您一件工作，可以嗎？」

「你是說帶大家到現場嗎？」

「正是，我想請您帶盜賊系的冒險者返回現場。」

「了解啦，這對亞壘沙來說是一件大事，我也會盡全力的。」

聽埃勒本特這麼說，其他冒險者們也堅定地點頭。

雖然芙蘭也一副想跟去的表情，但我可不會准喔。

我們得去修理防具，而且今天一定要讓她休息，只有這件事我不會讓步。

「芙蘭小姐……今天就請休息吧。畢竟看妳這一身防具，不能讓妳太勞累。」

「……嗯。」

芙蘭極其遺憾地點頭。幹得好，公會長！

埃勒本特他們好像還要進一步確認細節。

「那我回去了。」

「噢，請等一下。在妳回去之前，請順道跑一趟櫃檯，我會幫妳申請升級為F。」

「我還沒達成五項委託。」

「妳一個人殲滅哥布林大軍，我怎能讓這種冒險者繼續留在G級？況且G級無法參加本次的討伐委託，所以也是為了我們方便。」

「哇哈哈哈，畢竟強悍的冒險者是多多益善嘛。」

「這次委託提得突然，不知道能有多少冒險者參與，能確實算入戰力的人彌足珍貴。」

「大概明天就會提出委託，通知大家參加討伐戰了，到時候就麻煩妳接下委託。」

「嗯，我一定接。」

「多謝了。」

「那就這樣。」

正如公會長所說，櫃檯為芙蘭辦理了升級手續。

沒出什麼問題，一下就辦好了，大概只花了幾十秒的時間。

不過公會卡上的文字，變成了F。

「升級了！」

芙蘭好像很高興，看來她雖然不在乎他人的評價，但會在乎這種肉眼可見的階級等等，就像Lv之類也是。

也是啦，畢竟這些可以當成自己實力的判斷標準。

『好，既然決定要參戰了，就去修理防具吧。不過，現在手頭的錢不曉得夠不夠？』

「可以賣武器。」

『在公會可以賣嗎？』
一問之下，才知道公會只收購素材或採集物。
『那就帶去格爾斯那邊好了。』
問題是品質這麼差的武器，像格爾斯那種水準的鍛造鋪會願意買下嗎？
『不，等等喔，我們不是還有認識另一個商人嗎！』
「嗯？」
『妳忘了喔？好吧，誰教他存在感那麼薄弱。我是說藍德爾啦。』
「喔。」
拜託，別擺出那種「對耶，有這麼個人」的反應啦，雖然我也沒資格說別人就是。
『他說他的店在西大街上。』
「找找看。」
亞壘沙鎮很大，原本擔心會找不到藍德爾的店，結果一找就找到了。
因為他的店就位於大街入口附近，而且藍德爾就待在店門口。
「哦，這不是芙蘭小姐嗎！妳該不會是在找我的店吧？」
「嗯，我來賣東西。」
「那真是太高興了！來來，請進。」
藍德爾請我們進店。
『該怎麼說呢？店裡東西塞得亂七八糟的耶。』

商品陳列在狹窄的店內，擠得水洩不通。
這邊是蜂蜜跟毒藥放在一起，那邊又擺著日用雜貨跟武器，毫無統一性。
「好髒亂。」
『喔喔……虧我還刻意講得委婉點！』
我看看藍德爾，他在苦笑。
「哈哈，常有人這麼說，其實我只是把好像能賣的東西全擺出來而已。」
就算是這樣好了，範圍會不會太廣泛了？不過這不是我該插嘴的事，而且其實也不會怎樣，只是一般民眾恐怕不容易來逛吧。
「請你收購這些。」
「哇啊，原來妳有道具袋啊！」
「算是有。」
看到武器一件件拿出來，藍德爾好像有點被嚇到。
「不過話說回來，這……數量還真多呢。」
「還沒拿完，跟這些一樣多。」
「什麼？麻煩等一下，不好意思，可以請妳放在地板上嗎？」
「知道了。」
「妳的道具袋竟然這麼能裝，一定是相當高級的種類。我那個超小的很難用，真是羨慕。」
藍德爾不愧是專家，一邊閒聊還能一邊替武具估價。他的眼光犀利，面露商人的神情。

「嗯——商品狀況不是很好呢。」
「哥布林掉的。」
「喔，原來東西是這樣來的啊。其中有幾件是鋼鐵製武器，所以勉強還值點錢……一共一萬三千戈德吧？」
『每件平均兩百多戈德啊……從東西狀況來想應該算不錯了吧？』
（可以嗎？）
「知道了，這樣可以。」
「那麼，請收下。」
「嗯。」
芙蘭把拿到的錢全收進次元收納空間。
要收進去還是拿出來都很簡單，所以很適合當成錢包。
「謝謝惠顧，下次再來喔。」
他的店裡有很多有趣的商品，應該還會再來光顧，到時候再跟他買點什麼吧。
這下賺到錢了，接著去格爾斯老先生的店吧。
我們火速前往老先生店家所在的廣場。
「有好多商人喔。」
廣場還是一樣，有很多商人聚集著。而且他們給人的感覺很不好，其他店家都不會生氣嗎？
我們從昨天走過的後門進了店裡。

『午安安～～』

「喔喔，是你們啊！怎麼了？劍鞘還沒完成喔。」

「嗯，今天不是為這個來。」

『是這樣的，我們想請你修防具……』

格爾斯轉頭一看到我們，冒出的第一句話是：「這、這是怎麼搞的！」

「喂喂，才一天就弄成這樣……究竟是怎麼了？」

「跟哥布林打了一場。」

「哥布林？」

『更正確來說，是哥布林的大軍，數量超過一百隻。』

「裡面還有巨型哥布林。」

「啊？那豈不是嚴重了嗎！會發生亂竄災難的！」

『已經向冒險者公會報告過了。』

「這樣啊，不過，真虧妳能平安脫身。」

「多虧有師父在。」

「師父？」

『我的名字啦。』

對耶，還沒把我的名字告訴格爾斯。只是，我有種不祥的預感。

「咦？怎麼叫這麼怪的——」

『這名字很棒吧！是芙蘭幫我取的！格爾斯也覺得很棒吧！』

反應機靈點，格爾斯！

「呃，喔，的確是個好名字，真的。」

『是吧？就是吧？』

「這名字太棒了啊！正適合一把名劍！」

呼～～好險。大概是察覺到我的氛圍了，格爾斯一面偷瞄芙蘭，一面大力稱讚我的名字，到了不自然的地步。

「對、對了，你們要老子修理防具是吧？」

『對啊！修得好嗎？後天我們就要去討伐哥布林了。』

「這沒問題，馬上就能修好。」

「要多少錢？」

芙蘭好像沒發現，還好。

「這個嘛……差不多一萬戈德吧。」

『挺便宜的嘛。』

「因為只需要付魔水晶的費用啊。」

『魔水晶？』

「跟魔石不同，這是一種從地面開採的水晶。內部蓄積了魔力，可用做儀式的觸媒。」

『第一次聽到耶。』

「修理防具需要使用鍛造魔術的修理術，使用之際會用到魔水晶作為觸媒。」

『所以是用魔術修理嘍？』

「是啊，難得有這機會，要不要參觀參觀？」

『可以嗎？』

事情就是這樣，我們請格爾斯老先生讓我們觀摩修理過程。

他把防具放在工作檯上，檯面似乎繪有魔法陣，老先生將黃色魔水晶放在像是台座的地方。

再來就跟使用詠唱稍長的魔術沒兩樣。

「——修理術！」

彷彿回應格爾斯強而有力的聲音，魔法陣發出光芒。

等光芒平息下來後，只見一套刮痕與汙漬消失無蹤、宛如新品一般的防具放在那裡。

「好厲害。」

『是啊，跟新的一樣耶。』

「這種魔術可沒你們想像的那麼好用喔，因為在同一件防具上多次使用，效果會越來越差。

這次只用一小塊魔水晶就解決了，但下次就得用再大一點的才行，費用也會漲到三萬左右。」

也就是說有時候重買一套比較便宜嗎？

就看當時手頭的錢來考慮吧。

「謝謝。」

「別客氣啦，咱們還需要你們努力對抗那些巨型哥布林呢！」

「交給我吧。」

『管他是哥布林王還是女王，我們統統都會打倒的！』

「嗯，都是我們的獵物。」

「哈哈哈哈，真是可靠啊！」

殲滅了哥布林大軍的當天晚上。

我待在旅店裡。

『月色真美。』

夜空中飄浮著缺了一半的銀色大月亮，以及彷彿跟隨著大月亮的兩個小月亮。銀色大月亮有陰晴圓缺，但六個小月亮沒有。相對地，它們的數量會增減。升空的數量會一個一個增加，最後變成六個。然後到了第二天又從零開始增加，七天之間重複這種循環。

這些夢幻般的月色美景，不管看幾遍都不會膩。

『哎呀，一個不小心就會一直看下去了。來確認一下新獲得的技能吧。』

芙蘭去洗澡了，這段時間我沒事做，於是想到可以確認一下技能打發時間。有時間就該有效運用。

說到洗澡，當我知道芙蘭很喜歡洗澡時，吃了好大一驚，因為她可是貓耶。

害我忍不住回問：『可、可是妳不是貓嗎？』

看來在這個世界裡，貓不喜歡洗澡並不是常識。

真要說起來，芙蘭根本沒看過貓，明明是黑貓族的說。

她說貓是稀有生物，王都的貴族會當成寵物。聽起來比起被奴隸商人抓走的黑貓族，牠們過的生活好得多了。

附帶一提，旅店不是昨天住的那間，我們換成了公會介紹的旅店，比昨天的高一個階級。

雖然住一晚要六百戈德，挺貴的，但是有大澡堂，而且聽說餐點分量多又好吃。

先別管這個，從哥布林戰獲得的新技能有：

詠唱縮短、雜技、踢腿術、踢腿技、死靈魔術、毒素吸收、毒素魔術、斧技、不動之心。

很遺憾，我無法使用踢腿術、踢腿技與斧技，所以目前先剔除。不動之心的效果好像是在戰鬥中可保持冷靜，所以現在無法試用。

我想想……先從雜技開始好了。效果好像是對跳躍或平衡提供加成，我試著在房間裡跳來跳去，但以我的身體沒什麼實際感受，真可惜。

我是覺得這項技能應該很適合芙蘭使用。

好了，再來檢驗一下魔術。

首先是毒素魔術。

等級1能使用的魔術，好像是毒箭術與創毒術。

嗯——等級1的話，好像只有弱毒效果。這點毒性有等於沒有，對付強敵時大概沒啥意義，就算用在一般人身上，大概頂多也只能讓對方拉肚子而已。

我用毒素吸收技能吸收看看創毒做出的毒素，但沒啥感覺。好像是能回復生命力，但我本來就沒有生命力，所以無效。

有了毒素吸收，在發生毒霧之類現象的場所，或許可以把我當成附空氣清淨功能的劍來用。

還有，我也試過了詠唱縮短。雖然等級1幾乎無感，但或許短了大約一秒？在極限戰鬥中想必很有效，況且只要逐步提升技能等級，預計效果應該會相當強大。

最後剩下的技能，就是我最期待的死靈魔術了。

『這項魔術感覺會有很多用途呢。』

死靈魔術以等級1來說，可以使用「創造低階殭屍」以及「尋找不死者」這兩種魔術。

總之我先拿出哥布林的屍體。

我用淨化魔術結界讓地板不會沾到血之類的髒東西，防護措施萬無一失。

『——創造低階殭屍！』

「啊啊喔嗚啊……」

『哇啊……』

雖然是我自己做出來的，但還真噁心！

總覺得好像比原本的屍體還噁爛？幸好我沒有鼻子，這下我終於明白克○的心情了。

『待機。』

「啊啊嗚……」

『會聽命令啊。』

殭屍直直站在原地，不過一直搖來搖去的就是了。

接著我使用「尋找不死者」。

結果就像氣息察知一樣，能夠感覺到眼前殭屍的氣息。

這下兩種都試過了，不過……

這傢伙該怎麼處理？

啊，對了，從屬召喚會變成怎樣？哇啊，跑出一隻低階哥布林殭屍了，這不能變不見嗎？

『……抱歉了。』

「啊——」

我道歉後把殭屍砍死，不知道牠跟地下城等地方的殭屍一不一樣，總之好像沒有魔石。

我用淨化魔術的「不死歸還」消滅掉再也不動的殭屍，從屬召喚的殭屍不見了。

『嗯，成佛升天吧。』

今後死靈魔術還是別亂用比較好。

我不會讓你的死白費的，哥布林殭屍！不對，牠本來就是死的。

『……重新打起精神，測試其他東西吧。』

接著要檢查從哥布林身上搶來的魔法道具。

『有七件啊，我看看，不知有什麼樣的效果？』

武器有兩件。分別是鋼鐵製的小刀與鎚子。兩者都施加了魔術，可以提升些微攻擊力。

小刀應該可以用來剝取素材，鎚子就只能暫時當次元收納的倉管了。

再來是一件裝飾品，可以提升臂力，但相對地會降低魔力，效果不怎麼好。

『臂力上升5點，魔力下降8點也太……好吧，頭腦簡單四肢發達的那種人或許用得到？』

芙蘭用不到，她魔術也會用。

如果上升下降的數值相同，倒還有考慮的餘地。

防具有三件。鐵製鎧甲附有防鏽，牛皮甲有尺寸調整，魔樹製頭盔則附有衝擊抗性。

問題是不管哪種，最重要的防禦力都很低，大概不會用到吧？在格爾斯老先生店裡買到的防具性能好多了。

最後一件是道具袋，只是無法當成道具袋使用。

『記得好像有使用者登錄的問題？』

或許就像我的裝備者登錄吧，對於登錄者以外的人來說，好像就只是個普通袋子。

裡面裝有投擲用石塊與樹果等等，哥布林似乎將它拿來裝小東西。

『要覆寫登錄者的話……契約魔術不知道有沒有用？』

試試看吧。

『——契約！』

失敗了。不過倒不是用了沒意義，比較像是被更強的契約擋掉了。我認為覆寫本身是可用的，看來技能等級7還算太低。

『嗯——為了打開不知道裝了什麼的道具袋而提升技能等級，好像不太划算耶～～』

這件事也暫且擱置好了。

『剩餘金額有……』

今天的戰果來說，有一百零九隻哥布林的犄角，以及兩百零四隻高等種的犄角。附帶一提，一隻高等種的犄角賣到了一百戈德。

達成採藥委託的酬勞為一百戈德。

我給了芙蘭一萬戈德，所以我手邊有大約三萬七千戈德。

『為了替後天做準備，是否該買點魔力藥水？這樣想來，一分錢都不能浪費呢。』

應該說夠不夠都不知道。

『對了，還有大量採來的謎樣素材。』

這些也整理分類一下吧。

毒卉草十株、光茸菌十朵、治痲草十株、劇毒草十株、恢復草十株。有一項委託是這些藥草擇一採集五株，因此總共加起來可以達成十次委託。沒有料到的是我們升上了F級，所以達成G級委託已經無助於升級了就是。

F級委託只有採集五株劇毒草這一項，所以為了升級，還得再達成十八次委託才行。

而且聽說很多地下城會限制入場者的階級，所以我想再多提升點冒險者階級。

還有，我們撿到的神祕有害物質，大約三十個。呃不，藉由鑑定，我知道它們的名稱，也知道是毒物。但這些東西不是委託的指定物品，就連有何用途都完全不明，所以才說它們神祕。

『拿去藍德爾的店裡問問好了。』

而且我還想打聽巨型哥布林的相關情報，明天可有得忙嘍。

第四章

初次攻略地下城

討伐巨型哥布林遠征當天。

我們來到了格爾斯老先生的鍛造鋪。

為了拿之前請他做的劍鞘。

「嗨，等你們很久了，把這玩意兒拿去吧。」

『哦哦，這就是我的劍鞘嗎！』

格爾斯老先生將一件以黑漆漆的皮革製成，配色時髦瀟灑的劍鞘交給我們。

雖然乍看之下不起眼，但作工精美，看起來一點也不寒酸。

「嗯，師父。」

『好，那我馬上試試……』

我高高興興地收進芙蘭高舉眼前的劍鞘。

不大不小剛剛好。

『哦──……』

整個超舒適的。

跟安置於台座時一樣舒適。

或者應該說是台座有點像劍鞘，才那麼有鎮靜效果。

『啊——……』

就像泡熱水澡的時候那樣，我忍不住發出舒暢的讚嘆聲。

不過感覺真的好棒喔。

想不到劍居然有著收入劍鞘的欲望，我還真不了解自己。

不只如此，可能因為格爾斯老先生的本事好，劍鞘與我的身體絕妙契合。感覺就像包在被窩裡一樣，給了我無限安詳。

真希望能永遠收在劍鞘裡，因為待在裡面實在太舒適了。

『格爾斯老先生，這太棒了，真不愧是老先生。』

「喝哈哈，喜歡就好。」

「師父好像很高興。」

『是啊，這真是個好劍鞘～～』

「而且這可不只是普通的劍鞘喔。」

格爾斯面露淘氣小孩般的笑意，將手放在劍鞘上。

「老子覺得普通劍鞘沒創意，所以在鞘上做了點機關。」

『什麼？真的嗎，隆·貝○克！』

「隆·○魯克？誰啊？」

『抱歉，我有點太興奮了。』

劍鞘上有機關？乍看之下什麼都沒有啊。

「這裡不是有金屬零件嗎？」

「有。」

「把它像這樣解開——」

啪卡！

「劍鞘直的分成兩半了。」

「是啊，這樣只要使用念動，不需要勞煩小妹妹，就能輕易離開劍鞘啦。」

『哦，這可真不賴，而且也很容易把劍鞘恢復原形。』

只要用念動按住劍鞘，扣上金屬零件，一眨眼又變回原本的劍鞘了。

「好方便。」

「是吧！為了兼顧到堅固耐用，老子可是費了一番苦心喔。」

他身為鍛造師，竟連皮革製品都是一流的，真不愧是最高等級的鍛造鋪。

『那麼，我就心懷感激地收下嘍。』

「好，你們好好加油，去打一場回來吧。如果找到什麼好素材，就拿來給老子！不過那裡是新出現的地下城，大概不能期待吧。」

「地下城會突然冒出來嗎？」

「對啊，沒錯，妳不知道嗎？」

芙蘭微微偏頭，我對地下城的形成過程也是一無所知。

「地下城會不時出現在各種地點，是混沌神給人族的考驗。」
『沒聽過耶。』
「混沌神？跟邪神不一樣嗎？」
「這妳也不知道啊？那老子就解釋給你們聽吧。」
說完，格爾斯老先生從神話開始娓娓道來：
「簡單來說，這世界是由八十八尊神明創造的，其中有十尊神明的力量特別強大。」
開天闢地之初，太陽神、銀月神、大海神、大地神、火焰神、風雨神、森樹神、獸蟲神打造了世界，逐一創造出各種生命。
而後冥界神創造出輪迴之環，世界真理就此架構完成。
七十八尊子嗣神為父母神創造的世界帶來各種恩澤，逐漸壯大了世界。
「小孩子神明？」
「是啊，比較知名的有鍛造神或劍神，還有闇神或食神等等。」
然後到了最後，混沌神正如其名，在世界上散播了混沌。
只不過就格爾斯老先生所說，這是為了預防世界停滯不前，作為必須之惡，才會賦予人族這些困難與考驗。
這我們也能明白，因為克服越多困難，就能得到越多成長。
就像芙蘭對抗哥布林而得到成長一樣，看來混沌神是個善神了，只是從名字完全無法想像。
「那邪神呢？」

「邪神原本是戰神，但耽溺於力量而開始企圖支配世界，因此與其他諸神相爭，結果遭到擊敗。據說由於祂仇恨心太重，四分五裂的遺骸中都蘊藏了詛咒，而從中誕生出邪人。」

「原來如此。」

「一般認為地下城是混沌神創造的考驗之一，裡頭有著叫作地下城主的混沌神從屬，據說他們會暗中活動，好讓世界出現混沌亂象。」

地下城主嗎？這類存在果然是少不了的，不曉得身上有沒有魔石？

我是覺得很可能擁有一堆技能就是了。

「雖然還處於研究階段，不過聽說地下城一開始會生出稱為魔核的寶珠。而當魔核完成時，會被當時位置最近的生物吸入體內，就成了地下城主。」

「感覺好像會有強有弱。」

「是啊，視地下城主而定，地下城的難易度或方向性會截然不同。如果地下城主是智力低的動物，聽說難易度會偏低。」

「會不會有一些奇怪的地下城主？」

「有龍或半獸人，也有野狼或雞蛇。只要有生命，任何人都可能成為地下城主。」

「人也可以？」

「當然，過去就發現過幾個地下城主是人類種族。」

人族創造的地下城是吧，好像很難攻略。

「坦白講，說是神的考驗，其實大部分都是給人找麻煩。」

畢竟也有人會因此喪命，會被當成麻煩也是當然。像我們這樣尋求戰鬥的人只是少數吧。

「雖然地下城裡還有稀有魔獸，對冒險者而言如同飯碗就是了。」

也就是說地下城不光都是壞處吧，我想應該有些人藉由地下城一夕致富，那裡對冒險者來說一定就像寶山。

「而且還有寶箱什麼的，裡面裝了強力武器，或是魔法的道具。」

地下城裡一定沉眠著無從想像的驚人魔道具，我開始期待了！

「只是，過度強大的地下城道具有時會引發戰爭，還會奪走咱們鍛造師的工作。」

結果變成格爾斯的抱怨了！

「不過老子是覺得這次地下城找到的道具，大概不需要太擔心。因為道具的力量強弱，與地下城的年代長短成正比。」

「嗯。」

好了，用掉了不少時間。

我們趕路前往冒險者公會。好像要在公會針對作戰做幾項說明，然後再前往哥布林的窩巢。

「早，妮爾。」

「哎呀，芙蘭妹妹，早啊！」

芙蘭向櫃檯打招呼後，妮爾小姐笑容可掬地打招呼回應。

喂喂，妳們啥時交情變這麼好的？我好奇地問問芙蘭，結果好像是住到了同一間旅店。她們在澡堂碰到一起洗澡，就這麼一拍即合。我可以想像一定是妮爾小姐說個不停，芙蘭寡言少語地隨聲附和。不過芙蘭感覺不擅長與人來往，能交到朋友倒是件令人高興的事。

「芙蘭妹妹，加油喔。」

「嗯，交給我吧。」

「還有，要小心別受傷喔。雖然有多納多隆多先生在，但由於其他高等冒險者不在城裡，這次請了很多平常不會叫到的初級冒險者。」

「高等冒險者？」

「是呀，A級到C級的冒險者，很多都去魔狼平原做臨時調查了。本來這種任務只要交給他們處理，根本不會有問題……特別是A級冒險者，水準完全不同，搞不好她自己就能搞定。」

「她？是女生嗎？」

「是啊，A級冒險者阿曼達，亞壘沙公會的王牌喲。」

那真令人感興趣，光是A級就已經夠厲害了，還是女性，真想見她一面看看。

「而且向騎士團提出的支援請求又被視若無睹。」

「視若無睹？」

「對，視若無睹！」

「騎士團可以這樣？」

「真搞不懂他們是為了什麼而存在的！」

看來跟我想像中廉潔奉公的騎士團有很大差別。

「那裡的副團長更是糟透了，他是大貴族的兒子，個性蠻橫小氣又愛酸人，就好像只集貴族的討人厭特質於一身。那傢伙似乎很討厭冒險者，這次的事情也是，搞不好是他瞞著騎士團長，擅作主張壓下來的。」

看來妮爾小姐對那個混帳貴族似乎積了一肚子怨氣，表情都流露出殺氣了，口裡唸唸有詞講著些怨言。不過，大概是注意到芙蘭人還在，很快就轉為發出乾笑：

「呵、呵呵呵呵。討厭啦，我真是的，剛才這些話當我沒說喔。」

「嗯，知道了。」

「謝謝，不過，芙蘭妹妹也要提防那傢伙喔。這次討伐戰的過程中我想不會有問題，但今後能不能保持互不相關就難說了。」

「嗯。」

芙蘭邊跟妮爾小姐聊天邊等待，只見冒險者的人數變得越來越多。

『原來有這麼多冒險者啊。』

公會裡大約有五十名以上的冒險者。

我頭一次看到這麼多冒險者聚集一處的場面。

「可是不怎麼強。」

『最強的大概就多納多隆多吧。』

多納多隆多是C級，而且也是鍛鍊初學者的知名教官。

其他還有幾名C級的冒險者，不過對於多納多隆多擔任隊長一事，大家似乎都沒有意見。

「喂，怎麼有小孩混在裡面啊！」

只不過，對芙蘭似乎就很有意見了。也是啦，在一群情緒緊繃的冒險者當中，夾雜了一個小女孩是很顯眼。一定會有人覺得「這可不是在玩」而火冒三丈。

「還揹著什麼劍，想幹什麼啊？」

跑來找芙蘭碴的，是個外貌看起來讓人想講「你不也是小孩嗎！」的細瘦少年。身上鎧甲更是還完好如新，徹頭徹尾的新人樣。

聽說這次G級冒險者不能參加，所以應該在F級以上，可是……

他整個人看起來，恐怕連哥布林都打不贏。

能力值來說比哥布林略強一點點，但真的沒差多少。

大概不是靠戰鬥，而是以鎮上投遞郵件，或是搬運貨物等委託升級的吧。

劍術竟然才1級，在我至今見過的冒險者中是最弱的。

竟然連這種小角色都得召集，看來是真的很缺人手。

「我要去撲滅哥布林。」

「這可是捍衛亞壘沙的重要戰事，像妳這種小孩，只會礙手礙腳！更何況這次只有F級以上的冒險者才能參加好嗎？小孩子滾回去！」

看他那張臉，超臭的。

不過芙蘭我行我素地無視於少年說的話，腦袋放空地站著沒動。

「喂，妳有在聽嗎？」

「嗯？」

「嘖！喂，妳過來。這裡不是小孩子玩遊戲的地方，想玩扮冒險者遊戲就滾到旁邊去。」

這個少年大概是即將面臨與巨型哥布林軍團的戰鬥，心懷不安吧，畢竟敵人肯定比他強。而就在精神莫名地亢奮時，碰到個正好能拿來開刀的對象，於是為了隱藏內心不安，就跑來找麻煩。

周圍冒險者們的反應各有不同。

有人覺得好玩看熱鬧，有人事不關己地不予理會，有人看著我們，嫌少年跟我們吵。畢竟看在旁人眼裡，就只像是兩個小孩子不識相地在吵鬧嘛。

「嗯。」

「可惡！別給我動來動去的！」

眼見芙蘭左閃右躲不讓自己抓到，少年煩躁地大呼小叫。

再鬧下去可能要挨罵了，也許我該阻止他們。我本來是這樣想的，但周遭冒險者們都無意積極蹚這灘渾水。

不，他們當中是有一些人在發火，或是想怒罵我們，但被他們周圍的一些冒險者攔住了。

「喂，算了啦！」

「為什麼要算了——」

「那人就是傳聞中的——」

「真的假的——」

在公會發生的事，以及那次打倒了哥布林，似乎在部分冒險者之間傳開了。

只不過，不管在哪裡總有一種人搞不清楚情報的重要性，不肯接受旁人的意見。

這個少年也是，還有鬼吼鬼叫著想嚇唬人的冒險者也是。

「喂，兩個臭小鬼！從剛才到現在吵屁啊！少在這裡礙事，給我滾！我們不需要搬運工！」

「我、我不是搬運工！是經過認證的F級冒險者！」

「剛升上F級的傢伙，跟G級沒兩樣啦！」

「就算是這樣，反正我就是F級，有資格參加這次戰鬥！」

「我也是F級。」

「啊？」

青年好像大吃一驚，俯視著芙蘭。

大概想都沒想到她會是正式的冒險者吧。

「啊哈哈哈哈哈！你們是F級？像你們這種癟三小鬼是F級的話，我就是S級啦！」

「喂喂，這兩個傢伙真的是F級嗎？想不到冒險者還挺容易升級的嘛。」

「哎，反正終究是一群遺跡清掃工嘛。」

我聽得出來他們在侮辱冒險者，不過遺跡清掃工是一種罵人話嗎？

或許就像有些人說傭兵是戰場上的土狼？

「想說找到下一份工作之前先登錄冒險者找點事做，這樣看來，輕輕鬆鬆就能升上高階級了！」

看樣子這些傢伙以前也是傭兵。
聽他們的說法，好像是鄰國發生了戰爭，但結束得比想像中快，因而催生出一大堆丟了飯碗的傭兵。
我看了他們的能力值，但根本沒啥了不起的。
就這點實力，怎麼有臉這樣大搖大擺的？
「嘿嘿嘿，妳身上的東西不錯嘛。」
「哦？這把劍好像挺高檔的。」
「拿來給我們看看。」
竟然注意到我了，挺有眼光的嘛。
不過動手動腳想用搶的必須扣分。
主要是扣在危機管理能力不足這點。
找芙蘭碴的少年不知是否感受到一股寒意，起了一身雞皮疙瘩抽身跳開。反應不錯。
想必是感覺出芙蘭發出的殺氣了。
相較之下，落魄傭兵們仍然一臉下流相，繼續伸手，沒有要作罷的樣子。
「嗯——」
「你們鬧夠了吧！」
就在芙蘭即將行動的前一刻，多納多隆多岔入了傭兵們與芙蘭之間。
然後他狠狠斥責那些男人：

「真是，一群白痴！出發前惹什麼不必要的風波！」

「不，我們沒有……」

這些人似乎還沒笨到感覺不出多納多隆多發出的威嚇感，表情都僵住了。

「不用找藉口了，我全都看到了。撲滅哥布林時給我好好幹活！我就當你們功過相抵。」

其間芙蘭已經對男人們失去興趣，殺氣煙消雲散，離開了原處。

是我指示她這麼做的，因為我認為別再引人注目比較好。

少年冒險者在後方對芙蘭的行為抱怨：

「那傢伙受到多納多隆多教官搭救，竟然連一聲道謝都沒有！」

「哇哈哈哈，這是當然了，因為我救的不是小妹妹！」

「嗄？」

「真是，要是還沒出發戰力就先減少，那可吃不消。」

「什麼？」

多納多隆多那傢伙，究竟把芙蘭看得多危險啊。

芙蘭再怎麼凶狠，也不至於在重要作戰前減少我方戰力啦，大概。

況且就算做得太過火，也能用回復魔術解決嘛。

『只是可能留下點後遺症就是。』

「嗯？」

『沒什麼，我是說我們要加油撲滅哥布林喔。』

「嗯，當然。」

爾後，多納多隆多指揮冒險者整隊。

不，說是整隊，其實只是聚集起來，圍繞著多納多隆多罷了。

好像是要針對地下城攻略進行說明。

首先談的是職責分擔與作戰等等。

接著是關於地下城本身的說明。

「我想有很多人是初次攻略地下城，現在，我將針對地下城解說最基本的事項！知道的人也要仔細聽，當作複習。」

包括我們在內，現場有很多下級冒險者。

看起來幾乎所有人都沒有攻略地下城的經驗。

能聽到關於地下城的解說，實在值得感激。

總之簡單來說，重點就是因為可以回收再利用，所以不要破壞地下城魔核。

地下城的核心稱為地下城魔核，破壞掉魔核，地下城就會死亡。聽說包括地下城主，所有存活的怪物都會一併消滅。不過魔核似乎受到高密度防護罩保護，半吊子的攻擊可破壞不掉。

而與地下城血肉相連的存在，就是地下城主。城主一死，魔核會進入休眠狀態而停止活動，並且跟破壞地下城核心時一樣，魔獸會隨之消滅。

這種所謂的休眠狀態就是關鍵，聽說只要對休眠中的魔核注入魔力，即使是人類也能在限定條件下運用地下城。雖然只限定於地下城主尚在時生產出的種類，但據說還能讓地下城內出現道具或魔獸。因此，地下城常常可以帶來莫大財富，冒險者公會的意思是希望不要破壞魔核，只打倒城主，將地下城的管理權弄到手。

「然而，現在是緊急狀況。最糟的情況下，公會准許大家破壞魔核。最重要的是地下城的攻略，希望大家不要忘記這點。」

冒險者們意氣風發地出發後，過了兩小時。

「是那些哥布林！」

看守大叫出聲。

他們現在應該正在使用搬來的建築材料，在地下城前面搭蓋簡陋據點才對。

似乎有哥布林從地下城入口出現了。

我們被派去周遭巡邏，趕來得晚了。

「師父，那個。」

『據點都還沒蓋完耶，完全陷入混戰了。』

冒險者們與巨型哥布林打成一團，敵我難分。

亂成那樣，想一發範圍系火魔術打過去都辦不到。

冒險者陣營似乎以多納多隆多為中心，正在應戰。

「我要過去。」

『好，在闖入地下城前，得先減少一點敵人數量才行。要是冒險者全軍覆沒，會害我晚上睡不好覺。』

「師父不用睡覺。」

『只是打個比方啦，打個比方！』

芙蘭一把我拔出來，立刻衝上前去。

首先必須援救陷入危機的新手們。

芙蘭沒停下奔跑的腳步，碰到什麼敵人一律砍倒。

畢竟是從敵人背後發動奇襲，幾乎都是一擊搞定。

「好弱。」

『因為雖然說是巨型哥布林，每隻個體的實力其實不怎麼樣啊。』

總之現在打倒的個體能力值大概是這樣——

名稱：巨型哥布林・劍客
種族：邪人
Lv：8
生命：69　魔力：28　臂力：39　敏捷：25
技能：威懾1、閃避1、劍技1、劍術3、指揮1、瞬發2、聯手2、氣力操作

能力值比以前打過的哥布林王稍弱了點，不過這些傢伙擁有聯手技能，同時對付一支集團恐

怕會很難纏。

出發前找芙蘭碴的落魄傭兵們，已經倒地不動了。

看來是急著搶功勞，衝太快了。他們全身被捅數刀，一看就知道已經回天乏術。

遇上擅長聯手行動的對手，一點計策都沒有就衝過去，當然會落得那種下場。

不過芙蘭看都沒看他們一眼，搞不好她根本忘記那些人的長相了。

「喝！」

『真是源源不絕啊！』

我讓芙蘭揮舞著自己，對周遭放出鬥氣劍的隱形攻擊，悄悄減少巨型哥布林的數量。

受到芙蘭搭救的冒險者們，異口同聲地向她道謝。

不過大約有一半是困惑語氣就是了。

「謝、謝謝妳！」

「想不到那麼可愛的女孩，竟然真的這麼強悍……」

「咦？是誰？」

哦，剛才那個少年也在呢。

「不、不會吧！」

他沒有逞強，腳踏實地的戰鬥。只不過他看到芙蘭的身影而太驚訝，一瞬間陷入了危機就是。冒險者前輩救了他。

其他C、D級冒險者拚命壓制住洞窟入口，據點附近沒幾個強悍冒險者。因此巨型哥布林們的注意力，自然而然都朝向了大開無雙的芙蘭。
「大豐收。」
『而且還主動送上門來呢。不過也好，這樣可以幫助到其他冒險者。』
在這裡我比較少吸收魔石。
因為要是有人發現芙蘭打倒的巨型哥布林魔石不見了，可能會引來各種麻煩。
因此，只有鑑定巨型哥布林後發現到無論如何都想要的技能，我才會吸收魔石，這點程度的話應該不會穿幫。
『差不多可以了吧？趕快進地下城吧。』
「嗯。」
到地下城內就不用擔心他人眼光，可以盡情吸收魔石，而且只要把屍體收納起來，還能湮滅證據。
芙蘭前往地下城。
在入口附近，一群人與巨型哥布林擠成一團。
「正如情報所說的，是洞窟型。」
地下城有著各種不同種類，例如迷宮型、洞窟型或自然型。
據說洞窟型常發生於剛完成的地下城，內部幾乎沒有陷阱等等。但相對地，很多地下城的路徑如蟻巢般複雜。
能夠派出使魔進行探查的術師調查過這座地下城，結果表示內部沒有陷阱之類的機關。畢竟裡面有那麼多哥布林來來往往，陷阱會妨礙通行。

術師還說裡面沒有特殊空間之類的構造。

所謂的特殊空間，就是具有傳送封印、回復封印或魔力吸收等特殊效果的力場，若是渾然不覺地踏入內部，甚至可能導致全軍覆沒。這種力場似乎有種方法可以探知，因此確定內部沒有特殊空間。

這對我們來說真是大好消息，這樣就不用擔心陷阱，只要殺個不停就行了。

『我們走！』

「嗯。」

『呀呼——！』

芙蘭衝過半空中，翻越固守洞窟入口的冒險者人牆。

多納多隆多看到這個景象，滿臉驚愕。

他睜圓了眼，抬頭望著芙蘭。

喂喂，如果芙蘭穿的是裙子，你可是要判有罪的喔。

「那招是空中跳躍？那應該是天騎士的固有技能才對啊！」

咦？好像有點闖禍了？

『天騎士？名字聽起來好像滿高等的。』

不曉得天騎士是多高等的職業，畢竟名稱可是冠了個「天」字嘛，好像很強。這樣的話，空中跳躍在外人面前最好少用為妙。

「師父，來不及了。」

『唔……這倒也是。』

好吧，芙蘭說的也不無道理。應該說今後八成會碰到類似狀況，躲躲藏藏也沒用。既然如此，還不如豁出去儘管用算了。

「比起這個，現在最要緊的是哥布林。」

『噢，差點忘了。』

「師父你用魔術，落地後我做追擊。」

『好。』

芙蘭合併運用浮游，跳到更高的位置。

我配合她的動作，發動了三角爆炸。

咚咚咚轟！

這招把入口附近擠得滿滿的巨型哥布林一次全炸飛。

雖然對多納多隆多只有障眼法程度的效果，但對付巨型哥布林卻是必殺級威力。

然後芙蘭著地，即刻進行追擊。

「音速衝擊波！」

音速衝擊波是劍技5的招式，能向前方射出衝擊波，正適合用來一次打倒多個巨型哥布林。

「好機會。」

洞窟入口的哥布林變少了，芙蘭急速衝了進去。

「啊，等等！只有D級以上的冒險者可以闖入地下城！」

這我當然知道。

所以我們才要偷跑，不讓任何人來礙事。

畢竟多納多隆多他們還在對抗巨型哥布林嘛。

「可惡！我們快去追小妹妹！」

「是啊，雖說是自作自受，但坐視那樣一個小女孩送死，會害我睡不好覺。」

「蠢蛋！不是這個意思！」

「嗄？」

「要是放著那個小妹妹不管，所有甜頭都要被她搶光啦！」

「不會吧，那女孩還那麼小耶？」

「你也看到剛才的空中跳躍與魔術了吧！碰到跟那小妹妹有關的問題，必須把外貌年齡擺一邊，得把她當成披著小孩子皮的冒險能手！」

這次掃蕩戰結束後，公會回收的素材將會換成金錢，先由公會抽取盈利，然後再平分給每個冒險者。

但是在戰鬥中自己打倒魔獸，收進自己道具袋裡的部分，所有權將屬於本人。

換言之打倒越多魔獸，收入就越多。大概是為了提升冒險者們的幹勁，才會有這種制度吧。

不過我是覺得視情況而定，可能引發偷跑或鬧內鬨就是，就像我們擅闖地下城一樣。

「師父。」

『這……完全是經驗值大軍啊！』

地下城中，巨型哥布林擠得像沙丁魚罐頭似的。

「麻煩你。」

『好！閃焰轟擊！』

我施展了火焰魔術1的閃焰轟擊。

這種魔術能夠匯集火焰，放射出熱線。雖然範圍不怎麼廣，但威力大幅超越火魔術。

啾咿——砰砰！

熱線貫穿哥布林們，爆炸熱風把剩下的傢伙也盡皆吹倒。

在洞窟般的狹窄場所發射這種魔術，威力強大無比。

芙蘭殺進巨型哥布林的集團裡，繼續前進不停歇。

『反正我把所有錢都掏出來買了傳送之羽，能跑多遠就跑多遠吧！』

「哈啊啊！」

「咯嘎——！」

『火焰標槍！』

我朝四面八方使用能迅速發動的魔術，削減靠近過來的巨型哥布林數量。而穿越魔術逼近過來的巨型哥布林，就由芙蘭結束掉性命。不得不說我們真是合作無間。

我不會把所有屍體都收納起來。

得留一些給後續的傢伙，否則說不定會招來太多怨恨。再說我不知道收納空間的上限，要是有急需時發現不能收納，那就糗大了。

不過，吸收掉魔石的屍體全都要收納起來。

我在戰鬥中使用鑑定檢查能力值，迅速確認過技能，有任何有用的技能就砍壞魔石，吸收魔石的同時將屍體收納起來，以湮滅證據。

沒有的話就砍其他部位打倒牠。

敵人當中不時會夾雜皮膚漆黑的邪惡巨型哥布林，我都優先挑牠們下手。雖然技能跟巨型哥布林沒兩樣，但魔石值多出將近一倍，算是加分用敵人吧。

揀選敵人加以打倒，是需要瞬間判斷力的工作。

重複著這種過程，我使用分割思考的方式變得異樣巧妙。

現在想來個魔術的二重詠唱都不是問題。

詠唱魔術需要滿大的專注力，以往我雖然有分割思考技能，但還不至於能同時進行雙重詠唱。看來難以運用的技能還是得苦練到得心應手，才能發揮真正的力量。

『哈哈哈哈，火焰標槍！』

將近十根火焰槍矛，灑落在巨型哥布林身上。

「師父好厲害。」

『芙蘭再過不久也會練起來的。』

「我會頭痛，痛得很急。」

分割思考使用過度似乎會導致頭痛。也是啦，照常理來想，這種技能的確會用腦過度。

『我沒有那種感覺，所以不太能體會呢～』

因為我感覺不到痛楚，當然也就沒有頭痛。

看來分割思考比較適合我用。

況且我還有魔法師技能呢。

「我要以邊打鬥邊詠唱下級魔術為目標。」

『我的下個目標，則是同時詠唱不同的魔術。』

「加油。」

『好，包在我身上。』

所幸我們不缺練習對象。

我們就像這樣一邊大玩芙蘭無雙，一邊在地下城裡勇往直前。

我有使用回聲定位勘查地形，不過1級還無法勘查得太詳細。

因此我運用氣息察知、振動感知、熱源探知等等計算出巨型哥布林數量較多的方向，一路前進。

「師父，有樓梯。」

『原來還有第二層啊。』

我們走下樓梯看看，發現地下二樓與一樓的構造幾乎相同，頂多只有巨型哥布林的數量密度上升了吧？

很好，這下就能收集到更多技能了。

「正適合當練習對象。」

接下來的芙蘭更是進入無雙狀態。

也許看在芙蘭的眼裡，現在巨型哥布林只是一堆經驗值了吧？

不知不覺間，巨型哥布林變得光是看到芙蘭就逃之夭夭。

難道是消息傳出去了？然而芙蘭追上逃走的巨型哥布林們，從背後將其一刀劈死。

不知道前進了多少距離，我只覺得走了很長的路，如果在一樓的話，應該已經走完了。

『前方有個稍微開闊的空間呢。』

「嗯，而且有很多生物的氣息。」

『終於要對付頭目了嗎？』

我們謹慎地靠近過去，只見那裡就像一間大廳。

地板上簡單鋪著類似磁磚的材料，外觀不同於至今的洞窟景象。我偷看了一下大廳。

『有個大傢伙呢。』

大廳裡擠滿將近五十隻巨型哥布林，在牠們的中央，有兩隻特別大的哥布林。

那就是哥布林王與女王。

這讓我想起了在魔狼平原打倒的哥布林王。難道哥布林的習性就是外敵入侵窩巢時，總之先聚集到頭目的周圍再說嗎？

不只哥布林王，女王在這次討伐戰中也是重要目標之一，希望能在這裡解決乾淨。

不愧是哥布林王與女王，與其他巨型哥布林可不一樣。能力值很強，技能也很豐富。不過也就這樣而已了，以平原來說，大概算區域3魔獸程度的實力吧。只要不輕敵，我們絕不會輸給這種對手。

『我們上，芙蘭。』

「嗯！」

『先來個先發制人。』

趁還沒被對手發現，盡量多用幾次魔術攻擊牠們。

『閃焰轟擊！』

「閃焰轟擊。」

『再來一發閃焰轟擊！』

我們朝同一位置集中發射魔術，以殺出一條通往哥布林王與女王的路。接著芙蘭一躍而出，衝進四處亂竄的巨型哥布林之間。

『就這樣一鼓作氣，打倒哥布林王與女王！』

我本來鼓足了幹勁，沒想到……

『奇怪？』

「已經死了？」

我們驅散巨型哥布林集團，到了大廳中心位置，卻發現哥布林王與女王已經變成焦炭倒在地上。看來我們為了牽制嘍囉使出魔術，卻不偏不倚打中了牠們。

『呃——所以我們贏了嗎？』

環顧周圍，只見巨型哥布林們驚慌失措，四處逃逸。

看來真的是這樣就結束了。

『這樣算是完成委託了嗎？』

但洞窟還沒走到盡頭。

『這裡好像不是終點？』

「前面還有路。」

『應該有地下城主吧？』

看來剛才的哥布林王與女王並非地下城主。

而且也沒像多納多隆多解釋過的那樣，發生魔獸消滅的現象。

「能走多遠就多遠。」

『好，那就走吧！』

後來，我們在第二層一路前進。

然後，發現到一扇門。

門扉作工頗為精緻，將近有三公尺高，是一扇鐵製裝飾門。

「好大的門。」

『終於要打頭目了？』

門扉彷彿要將外人拒於門外，散發出厚重感與壓迫感。
進入門內想必不會空手而歸。
『為了以防萬一，我先準備好傳送之羽喔。』
「嗯。」
嘰嘰嘰……
門扉被我的念動力推動，發出摩擦聲慢慢開啟。
門後方是一處略顯寬廣的空間。
裡面好像什麼也沒有？
不對，有小型魔獸的氣息，會是蟲類魔獸嗎？
『千萬別鬆懈喔。』
「當然。」
磅噹！
哦哦！門突然關上了。
是那個嗎？那種要打倒頭目才出得去的常見陷阱嗎？
『不是說沒有陷阱嗎？』
「被關起來了？」
『芙蘭，要冷靜喔。』
「不要緊，全部打倒就行了。要做的事還是一樣，沒問題。」

姑娘真是好膽量。

嗡嗡嗡嗡嗡……

「？」

『大駕光臨嘍。』

湧進房間裡的，是一群具有藍色甲殼的蟲型魔獸。看起來像是長了角，大小如同壘球的瓢蟲。內側有點像大王具足蟲，噁心得要命。

名稱：軍團甲蟲・隊長
種族：妖蟲・魔獸
Lv：5
生命：8　魔力：18　臂力：4　敏捷：22
技能：風魔術1、從屬召喚5、指揮1、聯手1、酸牙

名稱：軍團甲蟲
種族：妖蟲・魔獸
Lv：2
生命：6　魔力：5　臂力：3　敏捷：20
技能：硬化1、酸牙

名稱：軍團甲蟲・軍醫
種族：妖蟲・魔獸
Lv：4
生命：10　魔力：10　臂力：1　敏捷：20
技能：回復魔術2、酸牙

名稱：軍團甲蟲・射手
種族：妖蟲・魔獸
Lv：4
生命：3　魔力：11　臂力：2　敏捷：20
技能：風魔術3、酸牙

雖然只是小怪，但數量很多，少說也有一百隻以上。
而且隊長還擁有從屬召喚技能，若是不趕緊殺光，規模將會像滾雪球似的越變越大。
「好像很有趣。」
看來芙蘭開始順利走上戰鬥狂的道路了。
她衝進噁心昆蟲的大軍之中，喜孜孜地開始戰鬥。

我使用念動封住昆蟲們的動作做輔助。

敵人只有這點大小的話，用最小限度的念動就能封住動作了。若是更大的敵人，與其使用念動不如照常施展魔術等招式打倒，魔力消耗少得多了。

「噓！哈啊啊！」

我讓敵人停住不動，芙蘭不停刺穿魔石。

牠們好像算是罕見魔獸，所以素材就拿走一半，收納起來好了。

最難纏的是射手的風魔術，但威力非常弱，而且因為魔力低，射個幾發就沒得用了，頂多只能讓我們稍為分心。

隊長們接二連三召喚出手下，但對我們來說反而是獎勵。風魔術、硬化、從屬召喚還有聯手技能一路升等，魔石值也越累積越多。

半小時後。

門外傳來別人的氣息。

「可惡！打不開！」

好像是多納多隆多他們到了。

『不得已了，收尾吧。』

「加分關卡……」

『好嘛，我也覺得很遺憾啊。』

「嗯……」
開始殲滅。
我們連續使出火魔術與廣範圍劍技。
沒兩下就搞定了，五分鐘都不用，就把剩下約兩百隻殺光了。
不知不覺間風魔術升到了7級，大概真的吸收了很多魔石吧。
卡鏘。
『奇怪？一下就開了。』
多納多隆多等人狂敲猛打的入口門扉還是一樣緊閉著。
而隱藏於反方向牆壁的另一扇門開了。
「好強的魔力。」
『這股強大的魔力……相當於C級魔獸……不，比那更強。』
至今我遇過的魔獸當中，魔力最強的是暴食史萊姆統治者。
然而，從門後方發出的魔力更甚於此。
『沒想到剛完成的地下城，竟會有魔力這麼強的傢伙……』
「讓我躍躍欲試。」
『且慢，這次的敵人真的很不妙，要做好萬全準備。』
我施展了一定時間內能持續治療傷口的「漸癒術」，以及提升一定時間內異常狀態抵抗力的「全異常抵抗」。此外還有能力值上升或感覺強化等等，能用的補助魔術都盡量用。

『好，我們上。』

「嗯！」

門內景象不同於之前的洞窟，是個石牆環繞、彷彿人工設計而成的房間。

「嗨嗨～～！你們是第一個上門的客人，歡迎你們！」

嗯──有個感覺人品很差的小哥飄在半空中。

他皮膚黑得像焦油，長著蝙蝠般的翅膀，有犄角，外貌極具威嚇感。

只是，那副地痞流氓似的態度把一切都搞砸了，恐怖度減半啊。

首先來鑑定吧。

名稱：魔鬼

種族：惡魔・魔獸

Lv：30

生命：1900　魔力：2409　臂力：720　敏捷：675

技能：挖洞3、暗黑魔術4、威懾4、搬運2、恐慌4、劍技5、劍術5、異常狀態抗性7、土魔術7、攀登1、毒素魔術7、魔力障壁6、闇魔術10、料理1、暗黑強化、暗黑無效、夜視、自動魔力回復、支配無效、皮膚硬化、魔力上升【小】、臂力上升【小】

特別技能：技能掠奪6

稱號：惡魔伯爵
裝備：魔影鋼長劍
解說：只會受到地下城主召喚而來的地下城固有種，為混沌神的從屬，戰鬥力極高。召喚時，會由地下城主對原有個體各自賦予能力，因此其能力有著千差萬別。魔石位置：心臟。

『惡魔啊……』
太強了，我還是頭一次看到能力值超過1000的。

暗黑魔術：闇魔術的高等魔術，司掌黑暗與黑影、毒性與死亡。
恐慌：給予自己肉眼所視的對象精神異常狀態〈恐慌〉。
魔力障壁：消耗魔力，張開對物理與魔術兩者皆具抗性的障壁。
技能掠奪：奪取符合條件的對象技能。

哇啊，技能也盡是些棘手的類型。
『芙蘭，這對手很危險，一旦鬆懈可能會被秒殺！』
「嗯！」
所幸剛才吸收了一大堆哥布林或軍隊甲蟲集團的魔力，我的魔力幾乎全滿，不管技能還是魔術都能盡情使用。

但即使如此，我還是無法拍胸脯保證能戰勝眼前的對手。
敵人實力實在超出我們太多了。
我得準備好傳送之羽，以便隨時可以逃走。
「哈哈～～！妳想打啊！不錯喔！我可不會因為妳是小鬼，就手下留情！畢竟妳可是走完了整個地下城，來到這裡了嘛！」
「喂，惡魔！你在搞什麼啊！快點把那傢伙幹掉！」
嗯？仔細一瞧，房間另一頭有隻哥布林耶。
不過牠不同於一般哥布林，人話講得很溜……

名稱：稀有哥布林
種族：邪人
Lv：11
生命：25　魔力：131　臂力：12　敏捷：13
技能：挖洞2、從屬召喚5、棍棒術2、心話2、調教2、霸氣1
稱號：地下城主
裝備：櫟木棍棒、皮革長袍、替身手環

雖然完全是隻小怪，不過似乎是地下城主。

那麼在牆壁凹洞裡發光的，就是地下城魔核了？

這裡大概就是地下城的最深處吧。

不過這哥布林實在太弱了吧，真的是這傢伙在役使惡魔嗎？

剛才那些哥布林或軍隊甲蟲我懂，很適合作為這傢伙的手下。

但那隻惡魔不會太強了嗎？是地下城主的特殊能力嗎？

要是有役使惡魔的能力的話感覺好像很有趣，但在牠的技能當中沒找到類似項目。

還有一點讓我很遺憾，就是沒有能操控地下城的技能。

大概是要透過地下城魔核來創建地下城吧，因此地下城主本身的技能當中，沒有任何那方面的技能。

「吵屁啊！我會把入侵者解決乾淨，給我閉嘴！」

「可惡！用上所有GP（Goddess Point）抽中超稀有惡魔時，明明一切都棒透了說！為什麼不肯聽我的命令啊！而且分明就是個術師型，卻偏愛打近身戰！」

這段發言有夠像說明文，不過多虧於此，我全搞懂了。

似乎是因為惡魔擁有支配無效技能，導致連地下城主的支配都失效。

「竟然有人能抵達這個房間！我的精銳兵士們都怎麼了！」

「我看都被幹掉了吧？畢竟終究不過是哥布林。」

「哥布林兵團可是至高無上的生物，怎麼可能輸給人類這種下等生物！」

「啊～～是是是，你說得對。」

「總之，你去把那傢伙宰了！」

「用不著你命令我，況且這個對手看起來挺有兩下子的。」

惡魔如此說完，拔出了劍。

「那麼，為了避免那傢伙繼續囉嗦，我要上嘍？」

惡魔語畢，直接衝殺過來。

「喝啦——！」

「哈啊！」

鏘——！鏗匡——！

「哈哈！真是把好劍！想不到竟能與我這把劍對打得起來！」

名稱：魔影鋼長劍

攻擊力：561＋450　保有魔力：56　耐久值：1000

魔力傳導率：C＋

技能：影返

魔力傳導率好高啊，惡魔似乎已讓劍身纏繞魔力，其攻擊力超過一千。不只如此，藉由技能「影返」的效果，投擲之後還能回到手邊。

我方也消耗約五百點魔力提升了攻擊力，所以才對打得起來。一個弄不好，說不定第一次攻防時我已經折斷了，真是可怕的對手。
「看來劍術本領是妳比較厲害！那麼，這招怎麼樣？」
「啊……？」
他的身影一瞬間消失無蹤，緊接著冷不防出現在我們背後。
「啊嗚！」
糟糕！
芙蘭的左臂被連根斬斷。
傷口噴出大量鮮血，生命力一口氣減少。
『發生了什麼事……！』
我以念動將芙蘭被砍飛的左臂拉回，把兩個斷口按在一起。
然後連忙誦唱大恢復術。
這是能完全治療斷肢程度傷害的1級治癒魔術，把斷口重新接合起來輕而易舉。
「哦？妳還有念動技能啊？而且竟然還會使用這種等級的回復魔術，真有意思！妳是魔劍士嗎？」
惡魔雖然在笑，但我們可沒那心情。
『剛才那是什麼招數？』
剛才惡魔的身影突然消失，然後芙蘭背後就挨劍了。
『芙蘭！妳沒事吧？』

「我……沒事！」

「接招吧！」

惡魔的身影再次消失，然後又從背後斬向芙蘭。

「嗯！」

所幸我們這次有注意背後，有驚無險地擋下了偷襲。

「這麼快就擋住啦！反射神經還真敏銳！」

果然，不管怎麼看都消失了。

是瞬間移動嗎？但那傢伙的技能裡應該沒有那類能力。

這樣想來，會是魔術嗎？是闇魔術，還是暗黑魔術……？

「喝啊！」

「哼！」

果然是這樣。

惡魔進行傳送時，魔力從他的影子流淌而出，然後那傢伙就從芙蘭的影子裡冒了出來。

這是利用影子進行的傳送魔術。

只要知道原理，就有辦法應對。

因為這下就知道他會從哪裡冒出來了。

「呀哈～～——嘎啊！」

「你太得意忘形了！」

「呵哈哈，有一套！這麼快就搞清楚我的手法啦！」

嘖！還真從容啊。

剛才砍裂了他側腹的這一擊，可是附帶發動了振動牙與魔毒牙耶。

「啊？中毒了？竟能打穿我的異常狀態抗性，使我中毒……真有妳的！」

是是是，又來這套是吧！討厭的戰鬥狂！

中毒減少的生命力微乎其微，看來遇上具有高度抗性的對手，果然無法期待有多大效果。

『芙蘭，接下來直接攻擊都要瞄準要害。』

「嗯。」

有一點於我們有利，就是對手目前還在小看我們，而且尚未發現我的存在。

因此我不要明目張膽地攻擊，而是徹底負責暗中補助。

「喝啊啊啊！」

「呀哈哈！」

又是一場激烈的刀光劍影。

在這當中，兩人周遭有某種東西發亮了。

緊接著，光芒中出現了巨型哥布林，總共四隻。

「去吧，我的從屬們！殺了入侵者！」

原來是地下城主搞的鬼。

竟然在這時候叫出巨型哥布林……能夠搞不清楚狀況到這種地步，反而嚇到我了。

果不其然，被他叫來的巨型哥布林，目睹了芙蘭與惡魔過度激烈又無比神速的戰鬥，完全無法出手，愣在一旁不知所措。

「你們在做什麼，還不快點動手！」

聽到地下城主的命令，巨型哥布林們下定決心，靠近戰鬥圈……

「礙事！」

結果慘遭惡魔一劍劈成兩半。

然後又有一隻，被芙蘭的劍斬殺。

「你、你這是做什麼啊！那是自己人耶！」

「這種狗屎小怪，過來只會礙事！難得我現在正在興頭上，給我滾！」

可憐啊，剩下的巨型哥布林也被惡魔射出的黑色光彈打飛，蒙主寵召。

地下城主因為憤怒與屈辱而渾身顫抖，看了還真有點可憐。

不理會這位可憐的地下城主，芙蘭他們的戰鬥越演越烈。

大廳中只有刀劍相撞的聲響，鏗鏗響個不停。

論劍術本領是芙蘭為上，但惡魔即使受到點皮肉傷也毫不在意，照常揮劍砍殺過來，而且芙蘭的力量與速度壓倒性不及對手。這兩點導致雙方陷入奇怪的膠著狀態。

然而，這場攻防對芙蘭是壓倒性的不利。她只要正面遭受個一擊，就會被逼入瀕死狀態。

「真是太開心啦！是不是！不過繼續打下去，的確也不是辦法！」

惡魔如此大叫，將我大大彈開後，跟芙蘭略為拉開距離。

他打算使出什麼花招？

「差不多該一決勝負了！首先，我要奪走妳戰鬥的力量。」

「？」

『糟糕，是那傢伙的特別技能！』

「呀哈哈哈，看招，技能掠奪！」

惡魔一邊喊叫，一邊筆直伸出他的手。

『嗚！中招了！』

就名稱來看，這項技能應該能夠奪取對手的技能。之前惡魔一直沒使用，所以我毫無根據地以為那是接觸型，或者是發動需要時間等等，有著某種難以達成的發動條件。

原來根本只是捨不得用啊！而且居然不用接觸對手就能發動！

看他叫得那麼充滿自信，想必是滿足了發動條件。

他好像說要奪走芙蘭的戰鬥力？

也就是說，是劍術或劍技被偷走了？

虧我好不容易把技能練到這麼強！這下要重練了！

更糟的是，要是現在劍術被奪走，就不能戰鬥了！

『如果看情況不妙，我就要使用傳送之羽了！』

「嗯！」

我們發揮出最大限度的專注力提高戒備，絕不看漏任何一點細微異狀，然而惡魔維持著筆直伸出手的姿勢，動也不動。

芙蘭身上好像也沒發生什麼狀況。

『……』

「……」

奇怪？

『……芙蘭，妳沒事吧？』

「嗯？」

「嘖！失敗了嗎！」

好險，不知道為什麼，惡魔好像失敗了。

也許那招並非一定能搶到技能？

況且我們的情況有點特殊。

芙蘭使用的技能屬於我，換言之可以算在裝備武器的特殊能力範圍內。即使對芙蘭使用掠奪系的技能，或許也無法從她的裝備品上搶走技能。

「該死！搶不到也沒辦法了，既然這樣，就吃我這招吧！黑暗伏特攻擊！」

惡魔好像是豁出去了，朝我們發射出暗黑魔術。

巨大的暗黑漩渦，如鑽頭般一邊挖削地面一邊迫近芙蘭。

開始用起魔術了是吧。

畢竟看看那傢伙的能力值，就知道他本身應該屬於遠距離砲擊型。

「哼！」

但打不中芙蘭。

「喝！再來一發！」

「呼！」

「嘖！」

攻擊威力雖然強大，但攻擊動作很單調。

就像以哥布林集團為對手，賭命修行之前的芙蘭一樣。

惡魔是很強沒錯，但戰鬥經驗似乎尚淺，況且我想他應該剛被地下城主製造出來沒多久。

「黑暗長矛！」

『火牆術！』

「黑暗熱線波！」

「太嫩了。」

「竟敢給我到處亂跑！」

既然用的是暗黑魔術，應該有更能針對弱點下手的下流魔術才對。不過他要是真的使出那些魔術，狀況會比現在討厭好幾倍。

結果他使用的，盡是一擊必殺的攻擊魔術。

即使如此，這場較量還是芙蘭占下風。

不論怎麼說，基礎能力就是差太多了。

我方的攻擊無法造成有效打擊，對方的攻擊卻招招致命。

漸漸地芙蘭也越來越不開口了，想必是逐漸失去從容了吧。

是不是該選擇逃跑？

可是，還沒得到夠大的戰果耶。

我覺得我們在地下城內部大打大鬧，吸引了哥布林們留在巢裡，而沒有前往城鎮，算是達成了目的。

不過，這原本其實是C、D級冒險者的工作就是了。

再來就剩這隻惡魔了，只要能設法解決這傢伙，這座地下城等於攻略完畢。

我們就算確定要脫身，為了等會要對抗這傢伙的多納多隆多等人著想，我想再多削減一點這傢伙的力量。

「漆黑炸彈！」

「唔。」

「哇啊！」

不耐煩的惡魔，開始往四面八方亂射廣範圍魔術。

這可真嚇人，地下城主都遭到波及在慘叫了。幸好空間狹窄，幫了我們一個忙。

要是換成更寬廣的空間，搞不好我們已經被他用範圍更廣的上級魔術殲滅掉了。

畢竟若是在這裡使用範圍太廣的魔術，連地下城主都會遭到波及。

『不，等等喔。』

我搞不好想到一個好點子了。

『那傢伙是地下城的魔獸。』

我想起多納多隆多的說明。

記得他針對地下城魔核或是地下城主，做了各種解說。

現在這個場合最重要的，是一旦地下城主被消滅，就跟破壞魔核時一樣，原本存活的魔獸也會跟著消滅。

換句話說……

『只要打倒那隻哥布林，這隻惡魔也會消失。』

「——火箭術。」

「啊，妳這傢伙！太卑鄙了！」

看到芙蘭使出的魔術，惡魔急忙進行傳送，保護了地下城主。

看來我的推測果然沒錯。

地下城主雖然裝備了替身手環，但以目前狀況來說，只會陷入復活後立即死亡的最慘發展，惡魔非得保護地下城主不可。

「嘿嘿。」

雖說沒受到支配，但並不表示能跳脫地下城怪物的範疇。

「妳這小鬼，竟敢騎到我頭上來了！」

『火焰標槍！』

「真的假的啊，妳還有無詠唱能力？」

非也，只不過是我在偷用魔術罷了。

「火箭術。」

『三角爆炸！』

「火箭術。」

『閃焰轟擊！』

轟、砰、咚轟！

斷續施展的魔術，包覆了惡魔。

「唔！」

「噫咿咿！」

畢竟只要擦到一點爆炸火焰，地下城主就有可能喪命。

那個臭惡魔連離開地下城主跟前都辦不到，活生生成了沙包。

「你這大白痴！所以我不是叫你拿前面那個廣場當成我的戰鬥地點嗎！」

「少、少少少、少囉嗦！你不在的話，我拿什麼當這個房間的防衛戰力啊！」

幸好地下城主是個白痴，謝天謝地。

惡魔的生命力一點一滴減少，只不過，他的魔法防禦力高得超乎我的預料。

這樣下去，我方的魔力會先耗光。

『芙蘭，變更戰術。』

「知道了。」

我用二重詠唱毫無間斷地施展攻擊魔術，芙蘭則詠唱剛學會的風魔術。詠唱的是風魔術4的「音速射手」。這種魔術簡而言之，就是投擲物品時可借助風力加快速度，而且或多或少可以操縱投擲軌道。

「我要上了。」

『好，我隨時都行。』

「喝！」

芙蘭算準時機，將我擲射出去。

『呀哈——！』

也因為有音速射手的效果，我以驚人速度描繪著弧線向前飛衝。飛行軌道繞過魔族的右側，朝著地下城主飛去。

「耍這種巧妙的花招！是風魔術嗎？不過，我可不會讓妳得逞！」

由於芙蘭正以魔術攻擊地下城主，惡魔無法隨便離開原位。

即使如此，惡魔仍伸出右臂，想把我打落地面。

我認為我的速度應該相當快，但似乎還是被惡魔看得一清二楚。

惡魔的拳頭——並未將我打落在地。

「什麼！喀哈！」

我在前一刻使用風魔術改變軌道，一口氣解放累積至今的念動力。好久沒使用念動彈射攻擊了。

我筆直飛向惡魔毫無防禦的胴體。

當然，剩餘幾乎所有魔力早已傳導到刀身上了。

我將這當作是最後一擊，如果失敗，就只能用傳送之羽逃走了，不過——

「怎麼……可能……！」

『勉強奏效了嗎……』

惡魔再怎麼厲害，在這種狀況下也擋不了念動彈射。我刺穿惡魔的障壁，劍尖深深埋進他的胸膛。

而且令我出了一身冷汗的是，他空出的左臂卡進了劍與身體之間。他是什麼時候辦到的！

如果我在傳導的魔力上小氣，搞不好就無法貫穿左臂，而陷入危機了。

惡魔果然不容小覷。

「咕喔……」

我將魔石完全劈成了兩半，魔石被我的刀身吸收掉。

「嘎啊啊……——」

魔石遭到吸收，惡魔發出臨死慘叫後，就直接倒地不起。

〈自我進化的效果已發動，獲得自我進化點數40點。〉

好耶！不愧是惡魔的魔石。在至今的戰鬥中，魔石值已累積到2699／2800，現在變成了3199／3600，足足賺到了多達500點的魔石值。

「怎、怎麼會，惡魔竟然被……？」

地下城主呆若木雞，牠目睹理應身為壓倒性強者的惡魔，被芙蘭這種小女孩打倒，會變成這樣或許無可厚非。

不過，在敵人面前這樣毫無防備地站著發呆沒關係嗎？

「哈！」

「嘎啊啊啊！」

芙蘭當然不會錯失這個破綻，鬥氣劍一揮，將地下城主的右臂砍飛出去。

右臂跟替身手環一起摔在地上。

然後，就在地下城主因為痛楚與恐懼而大哭大叫時，芙蘭毫不留情的一擊，斬下牠的首級。

即使身為地下城主，終究不過是隻哥布林，不可能撐得過芙蘭全力施展的鬥氣劍一擊。

剛才還在放出強光的地下城魔核，急速失去了光彩。

不過，也就僅止於此。

『……什麼都沒發生耶。』

「師父，我們贏了嗎？」

『應該是這樣沒錯啊……』

都打倒地下城主了，我以為應該會有某種更大的變化，至少會來場地震什麼的，還做好了心理準備，結果真的什麼都沒發生。

我們打倒地下城主了，對吧？

好吧，到外面看看就知道了，因為魔獸應該都消失了。

『啊，惡魔的屍體有沒有怎樣？』

我連忙做確認，不過惡魔的身體沒起任何變化。還好，我本來擔心會變得像沙子一樣消失，結果素材——更正，屍體好端端的沒事。

我不會把屍體收納起來，雖然很可惜，不過我打算把惡魔的屍體交給公會。畢竟我們搶功了，有點心虛。

況且就算偷偷收納起來，恐怕也很難瞞得過，畢竟這關係到地下城魔核的運作機制。

魔核一旦進入休眠狀態，就可供人族運用。據說觸碰到魔核的人，能夠閱覽地下城主之前生產的物品清單。換言之在重新運用這顆地下城核心時，惡魔的名字也會出現在清單上。

嗯，這樣就算偷偷拿走惡魔的素材，也一定會穿幫，然後引來可怕的妒意與怨恨。

因此，我們決定將惡魔的屍體交由公會處置。

為此，得動一點手腳做偽裝才行。我們以爆炸術炸開屍體的心臟附近部位，在胸口開出一個大洞。

我想這樣應該可以找藉口說：「魔石被芙蘭的攻擊炸碎消失了，只剩下屍體。」

我們也可以硬是主張說「只有魔石我們收下了」，但這樣一來芙蘭的分紅就太多了，還是有可能招來其他冒險者的怨恨。

好吧，我想大概很多人不會相信，但這就沒辦法了，沒有了就是沒有了。

劍我們收下了，這個或許能在來源上打馬虎眼賣掉。況且真的處理不掉的話，至少還能熔燬做成素材。順便把砍飛的地下城主手臂上的替身手環也拿走好了，今後說不定派得上用場。

我們得到替身手環了！

「勝利。」

芙蘭握拳朝天，擺出勝利姿勢。雖然戰術有那麼點卑鄙，不過能贏過比自己強悍的對手，似乎讓她很高興。

〈芙蘭的Lv上升了───〉

〈芙蘭的Lv───〉

〈芙蘭的───〉

〈芙蘭───〉

芙蘭的Lv上升了足足8級！

剛才惡魔等於是我打倒的，本來擔心芙蘭會得不到經驗值，看來只要身為裝備品的我打倒敵人，就等於是芙蘭打倒的。也許是當成芙蘭擲射出劍，打倒了惡魔這樣嗎？

這次的勝利，等於是因為地下城主愚昧無能才贏的，真可以說是白撿到的便宜。

這麼一來，自從我們闖入地下城起，芙蘭已經升了足足13級。

轟轟轟……

哦，看樣子門的封印解除了。

「喂！小妹妹在嗎？」

「這、這不是惡魔嗎！」

「真、真的假的啊！」

我們攻略完地下城，踏上了返回城鎮的歸途。

冒險者們的臉上浮現出重度疲勞，以及更深的喜悅。

雖然有大約十名冒險者死亡，但以這次這種規模的魔獸災害而言，只有這點程度的傷亡好像已經算幸運了。

冒險者們向我們道謝，說這都多虧我們迅速攻略完地下城，消滅了魔獸。

我們沒有獨占惡魔的屍體，大概也成了大家善意以對的主因之一。

應該說，這點影響最大。

據說惡魔的素材比起同階級的魔獸素材，價格昂貴多了，因為惡魔是地下城才有的固有種。

可取得的經驗值也相差懸殊，聽說在威脅度B的魔獸中算是較高的一群。

看來惡魔是很好賺的對手，不過反過來說，自己被打倒的風險也相當大。

還有，多納多隆多為了芙蘭一個人衝太快的事狠狠罵了她一頓，我想最起碼聽了差不多一個小時的說教。

世紀末霸王向獸人少女說教的畫面，已經不是犯罪，而是搞笑了。

只是我如果笑出來，芙蘭會鬧彆扭，所以勉強忍住了。

要不是有出發前找芙蘭碴的少年說情，我看會罵更久。

他幫芙蘭辯護，說雖然之前找她麻煩的傭兵們死了，但自己之所以沒死，都得感謝芙蘭。

『那傢伙……人不錯嘛。』

（別以為聲音耍帥講這種話，就可以騙過我。）

『果然騙不過？』

（師父都沒挨罵，不公平。）

『好嘛好嘛。』

（只有我挨罵。）

『對不起嘛。』

（那我要吃肉。）

『好。』

（要烤肉。）

『可以。』

（還要肉排跟串燒。）

『ＯＫ的啦～～』

可能是最近整天吃我做的地球料理，芙蘭好像慢慢變成貪吃鬼角色了。

也罷，只要這樣能讓她消消氣，要我做多少吃的都行。

這也是為了紀念打倒惡魔這種比我們強的對手，想吃什麼就讓她吃個夠吧。

對了，在抵達城鎮之前，先確認一下戰果吧。

附帶一提，打倒惡魔之前，我的能力值是這樣——

攻擊力：392　保有魔力：1650／1650　耐久值：1450／1450
自我進化〈階級7・魔石值2699／2800・記憶體62・點數9〉

現在變成這樣——

名稱：師父
裝備登錄者：芙蘭
種族：智能武器
攻擊力：434　保有魔力：2050／2050　耐久值：1850／1850
魔力傳導率・A
自我進化〈階級8・魔石值3199／3600・記憶體70・點數49〉
技能：鑑定7、高速自我修復、念動、念動上升【小】、心靈感應、攻擊力上升【小】、裝備者能力值上升【小】、裝備者回復上升【小】、保有魔力上升【小】、記憶體增加【小】、鑑定遮蔽、魔獸知識、技能共享、魔法師

而且有很多技能升等，因為無論是巨型哥布林還是軍隊甲蟲，技能等級都挺高的。熟練度也獲得了一堆，讓我技能等級狂升。幾小時前還只有1級的風魔術，都達到7級了。竟然一天就能

升6級，連我都大吃一驚。

原本已經有7級的劍技達到8級，劍術則達到9級，異常狀態抗性達到3級，土魔術升到了5級。此外還有很多技能，也都提升了等級。

在地下城內還獲得了許多新技能，看起來特別有用的，應該是暗黑魔術1、魔力障壁1、闇魔術2、陷阱感知1、暗黑強化、暗黑無效、自動魔力回復、支配無效這些吧。特別是自動魔力回復，光是裝上，魔力就會逐漸回復。雖然效果微乎其微，但是能毫無風險地回復魔力，仍然是非常可貴的技能。

除了這些以外，我們甚至還獲得了特別技能「技能掠奪1」。

雖然得到的自我進化點數多達40，但想做的事太多了，感覺起來好少。

我想提升劍技、劍術的等級，也想提升魔術等級。既然得到了暗黑強化，是否該提升暗黑魔術的等級？從屬召喚也是，如果好用的話，我有點想提升等級看看。還有以前放棄的瞬間再生，以及異常狀態抗性。不只這些，還有這次得到的技能掠奪，恐怕也得列入候補。其中還要加上技能超越化，真讓人煩惱不已。

而且芙蘭的Lv已經達到25了。

只不過在惡魔戰打倒那傢伙，就升了多達8級。

畢竟平常應該會分配給隊伍所有人的龐大經驗值，都集中在芙蘭一人身上了嘛。

名稱：芙蘭　年齡：12歲

種族：獸人・黑貓族
職業：魔劍士
狀態：結契
Lv：25
生命：193　魔力：127　臂力：140　敏捷：146
技能：哥布林殺手、精神安定、剝取高手、堅定不移、方向感、夜眼
〈NEW〉昆蟲殺手、魔鬼殺手
稱號：身經百戰、解體王、回復術師、哥布林殺手、殺戮者、技能收藏家、火術師、料理王
〈NEW〉昆蟲殺手、超強敵吞食者、地下城攻略者、魔鬼殺手

昆蟲殺手：於同一戰場上，殺死超過三百隻蟲類魔獸者，可獲得此稱號。獲得技能「昆蟲殺手」。
超強敵吞食者：單槍匹馬挑戰壓倒性的強者並取得勝利者，可獲得此稱號。生命上升20點，全能力值上升5點，成長速度稍微上升。
地下城攻略者：殺死地下城主或破壞地下城魔核者，可獲得此稱號。在地下城內，生命、魔力自動回復速度上升。
魔鬼殺手：殺死魔鬼者，可獲得此稱號。獲得技能「魔鬼殺手」。

超強敵吞食者？又來了個外掛級稱號。這個稱號跟「身經百戰」一樣厲害。多虧這個稱號，

芙蘭的能力值變得很不尋常。

我看已經能跟多納多隆多正面交鋒了。芙蘭！妳真是個可怕的孩子！

沒有啦，其實是我造成的。

芙蘭力求上進，想必不會因此驕矜自滿，但今後有可能尋求更危險的冒險之地。我也得繃緊神經，支援芙蘭才行！

為此，替技能提升等級是當務之急。

『芙蘭啊，妳想提升哪個技能的等級？』

（劍技與劍術。）

『我想也是。』

這次我感覺到一件事，就是魔術對比自己強大的對手不易生效。但換成劍的話，即使身處劣勢也有機會逆轉勝。不過這也是因為我有著能夠自豪的極高魔力傳導率，以及魔力保有量。

『總之，先提升劍技與劍術好了？』

「嗯。」

『好，那我用下去了。』

是的，我用下去了。

我消耗自我進化點數6點，變成劍技１０、劍術１０。

〈劍技已達到１０級，技能追加劍聖技１。〉

〈劍術已達到１０級，技能追加劍聖術１。〉

〈劍術、劍技已達到10級，技能追加屬性劍1。〉
劍聖技、劍聖術我懂，但屬性劍是啥？
感覺好像是能在劍上附加魔術屬性，並維持一段時間。
要用用看才知道。
好了，再來要做什麼？
最讓人好奇的，當然還是技能掠奪了。

技能掠奪1：從對象持有技能中，選擇一項稀有度1以下且等級為1的技能，以百分之五十的機率奪取。同一對象只能使用一次，再次使用技能需要相隔一天。射程為技能等級×一公尺。

技能的稀有度啊……可能是鑑定等級不足，到目前為止還沒顯示過稀有度。
不過只要有這項能力，技能收集起來想必更順利。
而且如果能封住對手的技能，戰鬥也會變得更輕鬆。最重要的是至今因為沒有魔石而無法出手的對象——說穿了就是人類種族，這下從他們身上也能得到技能了。
問題是對同一個對象只能使用一次。也就是說萬一失敗，就一輩子都不能從這傢伙身上搶到技能了。
成功率百分之五十啊……不能穩定奪取有點可怕，而且成功率不高不低，很難安排進戰術。
該怎麼辦？沒有啦，其實我已經很有那個意思了。

只是不曉得芙蘭是怎麼想的。

『我說啊，關於技能掠奪——』

我把我的整個想法跟芙蘭解釋一遍。

（我覺得可行。）

『是嗎？』

（這是特別技能，一定非常厲害。）

『很好很好，那麼，就幫它升級吧。』

那就都恭敬不如從命了。

總之我試著把它升為2級。

技能掠奪2：從對象持有技能中，選擇一項稀有度2以下且等級低於2的技能，以百分之六十的機率奪取。同一對象只能使用一次，再次使用技能需要相隔兩天。射程為技能等級×一公尺。

什麼，才2級就百分之六十了？很、很好，那就再升多一點！

要讓特別技能升級，每升1級似乎需要3點。雖然剩下的自我進化點數減到16，但我沒有後悔。

技能掠奪１０：從對象持有技能中，選擇一項稀有度１０以下且等級低於１０的技能，以百分之百的機率奪取。同一對象只能使用一次，再次使用技能需要相隔十八天。射程為技能等級×一公尺。

再次使用需要等上長達十八天啊？這下想使用時得審慎考慮才行了。不過以我們的情況來說，我跟芙蘭加起來有兩次機會，所以比起一般情況來說，使用起來更輕鬆。

再來需要驗證的，就是稀有度１０是什麼樣的程度。

要提升鑑定等級嗎？假如連特別技能或獨有技能都能搶奪，那就強到誇張了，說穿了根本是開外掛。

真想馬上用用看。

只可惜周圍盡是自己人，能不能跑出個山賊讓我試？

不過想也知道，沒有山賊會跑來招惹冒險者集團。

結果什麼也沒發生，我們就這樣抵達了公會。

公會一片慶祝氣氛，熱鬧滾滾。

勝利的喜悅與收到的酬勞，也使得大家神情都很開朗。

「小妹妹，麻煩妳過來一下。」

「嗯。」

芙蘭被多納多隆多帶著，前往公會會長的房間。

不過，周遭的冒險者都並不驚訝。

因為他們明白芙蘭是本次最大的功臣。

即使是那些聽到許多風聲，對芙蘭的實力持懷疑態度的冒險者們，看到她今天的活躍表現，一定也明白了吧。

「好好喔，一定是要領獎金。」

「沒辦法，人家可是大爆冷門呢。」

「我這條命也是她救下來的。」

「要怎麼鍛鍊，才能小小年紀就變得那麼強？」

「根本是怪物啦，怪物。」

「不曉得她願不願意加入我們隊伍？」

「呼……呼……芙蘭妹妹好可愛。」

差不多善意五成，嫉妒四成，厭惡一成吧。

是說最後那個傢伙，這樣有點嚇人喔！

「嗨，芙蘭小姐，恭候多時了。」

「嗯。」

「首先容我向妳道謝，多虧有妳的力量，只有少數幾人傷亡。想不到那種程度的地下城，竟然會有惡魔……若是以正常方式攻略，想必會有更多人犧牲。」

克林姆雖然以簡單致謝作為開場白，一雙眼睛卻不帶笑意。

這個人不像多納多隆多，大意不得，感覺好像還在懷疑我們。
「坦白講，妳一個人偷跑會讓我很傷腦筋，不過這次是多虧於此，才救了大家的命，妳違反命令的事我就不追究了。」
他把各種得失放在天秤上考量，似乎決定姑且不責備我們。
「我看了妳打倒的惡魔的屍體。」
是多納多隆多讓他看的吧。
「我就明說了，那是威脅度B的個體。妳是靠自己一個人，打倒那樣的敵人嗎？」
「嗯。」
「但如果真如妳所說，那就表示妳擁有相當於A級的實力了。」
實力受到認可雖然讓人高興，但他們要是隨便認定我們為A級，然後分派一些危險委託給芙蘭，那也很傷腦筋。
「只是運氣好。」
「哦？什麼意思？」
因此，我們決定對他說真話。
「原來如此，所以妳是針對地下城主做牽制，趁其不備打倒了惡魔……」
「那個地下城主很笨。」
「就算是這樣，妳沒瞬間死在惡魔手裡就已經很奇怪了。還有，關於那隻惡魔的屍體……」
「？」

「對心臟的攻擊成了致命傷。但妳認為有多少人能打穿強韌的魔力障壁，打倒惡魔呢？」

「不知道。」

「唉……好吧，這就不深究了。那麼，容我進入正題。」

看來他果然有些話要對我們說。

「惡魔的魔石怎麼了？」

「消失了。」

「……那樣強大的個體，魔石將會極其有用，連國家政府都會想得到。」

「嗯。」

「真的沒了嗎？」

「已經不在這世界上了。」

因為我吸收掉了。

「唉，我明白了，就相信妳吧。」

反正我們又沒說謊，算是勉強蒙混過去了吧？

就在我正鬆了口氣時……

「等一下！你打算這樣就放過她嗎！」

有人把房門砰的一聲猛地打開，闖入我們之間。

闖入公會會長房間的，是個全身穿著銀色鎧甲，腦滿腸肥，一看就很不健康的男人。

誰啊？沒見過這人耶。

而且我完全沒感覺到他的氣息……噢，是裝備帶來的效果吧。

名稱：奧古斯特．安薩多　年齡：29歲
種族：人類
職業：戰士
狀態：正常
Lv：30
生命：108　魔力：99　臂力：52　敏捷：45
技能：演技1、歌唱1、騎乘1、欺瞞1、宮廷禮儀4、劍術1、算術1、社交2、毒素抗性1、毒物知識2、藥草學2
獨有技能：謊言真理5
稱號：子爵、亞壘沙騎士團副長
裝備：祕銀長劍、銀鐵全身鎧、赤獅披風、氣息遮蔽指環

總覺得整個好不均衡喔。
Lv有30級，相較之下能力值卻很低，大概只有E級冒險者的程度。
而且技能也太差了。
有社交技能，應該因為他是貴族吧。

可是劍術才1級，身為騎士不會太低了嗎？而且頭銜還是副長耶。

「妳說我打算放過她，是什麼意思呢，奧古斯特大人？」

「就是字面上的意思，那可是惡魔的魔石喔？這樣的好東西，竟然就讓這個小妞占走，怎麼可以有這種事！」

「還以為妳要說什麼呢，在這次的討伐當中，由本人打倒的魔獸素材，所有權歸屬於當事人。她打倒了惡魔，獲得魔石是她的正當權利。更何況她還將素材回饋給公會，我方沒有任何理由責備她。」

「一派胡言，若只是巨型哥布林程度的素材，隨便要多少就拿去吧。但是，像惡魔素材這種高階級素材，說什麼也不能交給區區下級冒險者。」

搞了半天，就是這次拿到了意想不到的高級素材，所以現在才開始捨不得給人了，是吧？

「整件事聽起來，這個小妞似乎擅自行動了，不是嗎？她犯了違反命令罪！這種罪犯豈有權利領受正當酬勞？」

「呼……如果要拿違反命令問罪的話，幾乎所有冒險者都觸犯法令了。在那種場合當中，很難不出現擅自行動的冒險者。如果有哪個冒險者從未違反過命令或規則，我倒想見上一面呢。」

「也就是說，終究不過是些下賤之人是吧？」

「唉，不同於騎士團的各位乖寶寶，誰教冒險者都是些粗野的硬派呢？」

公會長的眼神完全沒在笑！甚至都感覺得出殺氣了。

我反而開始佩服起這個肥豬貴族了，竟然一點都沒感覺到。是不是臉皮太厚，厚到感覺都變遲鈍了？

「哼，告訴你一件好事吧，這個小妞在說謊喔。」

嚇到我了！

是這傢伙的獨有技能嗎？

謊言真理：能看穿對方話中的謊言，並使自己的謊言不易被他人看穿，讓他人容易相信自己的謊言。

沒有比這更適合詐騙專家、獨裁統治者或宗教領袖等等的技能了。

應該說有這麼強大的獨有技能，居然還只能當地方騎士團的副長？是奇幻小說裡專門用來惹人厭的角色嗎？格局超小的！

只要懂得運用這項技能，應該能做出更驚世駭俗的事才對啊……

真是個好例子，告訴大家不管技能多優秀，主人不會用就是沒用。

不過我們完全被他逼入絕境了就是。

然而，這傢伙的下一句話超乎我的預料：

「她說魔石消失了，其實是騙人的，肯定是被她藏在某處。」

嗯？不，這點我們沒說謊喔，是真的消失了啊。

「……就算真是如此，魔石的所有權仍然在她身上。」

「不，在這種場合做不實陳述，就是不可饒恕，說不定她還隱瞞了其他事情喔。」

「真的消失了。」

「她又說謊了喔。」

這人在說什麼啊？

他擁有謊言真理，應該知道芙蘭沒說謊才對。

喔不，我懂了。這傢伙擁有謊言真理技能，應該是眾所皆知的事。

所以這傢伙如果指稱別人說謊，那人就會被當成騙子。

他是在利用這點，想陷害芙蘭。

「嗯？」

『芙蘭，妳先不要說話。』

（知道了。）

好吧，看我怎麼對付他。

「這不是公開場合，我只是以個人身分在問她問題。就算她在這裡開了點玩笑，我想應該不犯法吧？」

可能是出於對這個貴族的怨恨心理，公會長講話好像都在袒護芙蘭耶。沒有啦，我很感激。加油啊，公會長。

「她可是對我這個貴族講了假話，不管是什麼場合，都罪無可赦。」

「我再說一遍，我從來都不知道開開玩笑也算是犯罪。」

「總而言之！這小妞不可信任，而且一問之下才知道，此人連出身地區都不明不是嗎！難保不是外國派來的間諜。我命妳將所有隨身物品交給騎士團，我要檢查妳的行李。只要妳服從命令，今天的無禮行為我就不追究了。」

啊？這傢伙在鬼扯什麼？交出行李？講得好聽，根本是搶劫吧，你以為我們會乖乖聽話嗎？

「你這是什麼話！」

「真要深究的話，你們冒險者公會沒向我等騎士團通報一聲，就去討伐哥布林了對吧？我看你們必定是不想讓我等精銳騎士團奪得利益吧，很像是貪得無厭的冒險者會有的行為。只要你們把惡魔素材交出來，這件事我也不追究了。」

「啊？我們並未忘記聯絡騎士團的人士，進行討伐的日期與時間也是，應該都仔細告知過各位了。」

「哼，不要再說謊了！總而言之，這次獲得的一半利益、所有惡魔素材，以及那個小妞的行李，統統都得交出來。」

「一半利益？所有的惡魔素材？騎士團什麼都沒做，我方沒有任何理由交出這些東西。」

「你們忽視我等的存在，還敢講這種話！你們這些冒險者利慾薰心，疏於守衛城鎮，還跑去那些哥布林的窩巢時，保護城鎮治安的可是我等！」

「嘖……明明是你們怕得沒一個人敢參加，而無視於我們的請求……」

「你有說什麼嗎？」

「沒有，我什麼也沒說。」

原來是這麼回事啊。

騎士團被巨型哥布林嚇壞了，所以公會請求他們參加討伐時，就故意視若無睹。然而冒險者公會進行的討伐，造成的傷亡比想像中少，卻獲得了驚人利益，於是這傢伙到了這時候，才開始貪圖那些利益。

貪得無厭的是誰啊。

「喂，先把妳那把劍拿來給我。看起來是把相當精美的好劍，妳從哪裡偷來的？快快從實招來。」

死胖子臭貴族走過來了。

（要砍死他嗎？）

『且慢，再觀察一下狀況好了。』

其實說真的，我也很想一劍把他砍死。

「騎士團沒有權力命令公會，即使如此，你還是想命令我們就是了？要求我們交出冒險者賭命獲得的利益的絕大部分？」

「這是我理當享有的權利。」

這王八蛋，講得大言不慚的。

而公會會長身上，開始爆發出駭人的殺氣。

老天啊，他都氣成這樣了，竟然還能忍住不發火，厲害。

豈止如此，表面上還笑容可掬。我有點尊敬起你來了，公會長。

「首先我要你在契約書上簽名，喏，在這裡簽上你的名字，我方就會受理素材繳納程序。」

「這是騎士團的全體意見嗎？團長也知情嗎？」
「……這是當然。」
「那麼我洽詢一下可以嗎？」
「唔？沒有這麼做的必要吧。」
「有沒有必要是由我方決定。」
總覺得戰況趨勢好像轉變了耶。
「我洽詢騎士團有什麼問題嗎？」
「開什麼玩笑！你是在指控本人撒謊嗎！真、真令我不愉快，今天就此告辭！」
哇啊～～完全就是一副被戳中痛處的感覺耶，一看就知道他很焦急。
是為了給自己賺分數，還是想私吞利益？總之八成是瞞著什麼團長，擅自跑來這裡的。
『好，就拿這傢伙試試吧。』
試什麼？當然是技能掠奪。
而且正好這傢伙擁有獨有技能。
（我也想試試看。）
『好啊，首先讓我來試用一下。』
掠奪目標當然是獨有技能。不過這項技能，沒有鑑定的話，對於第一次碰到的對象還真難運用呢。
不過那隻惡魔沒有鑑定技能，地下城主好像說是轉蛋轉到的，所以技能組合才會有點怪怪的嗎？比方說初期技能是隨機決定之類的。

或者是地下城主忘了幫他加鑑定？嗯，有可能。

「我改日再來！」

不好，凱子要回去了。

『我要用了，技能掠奪！』

——成功了，這項技能使用時看不到特殊效果，實在有夠狠。

可以神不知鬼不覺地把技能偷走。

我獲得了謊言真理５，看來獨有技能照樣可以搶。

我想這項技能的真正可怕之處，在於可以連同技能等級直接搶來。

一旦搶到高等級技能，突然間就變成高手了。

缺點大概是它並非安裝技能，只能登錄為我的技能，所以無法與芙蘭共享。

反之亦然，必須視情況決定由誰來使用。

「技能掠奪。」

芙蘭接在我後面小聲低喃，當然也成功了。

她搶到了等級最高的宮廷禮儀４。

哼哼哼，等你發現重要技能不見了，看你有多慌張！

（師父，成功了。）

『是啊，大成功。』

（要砍死他了嗎？）

『不用砍啦，不用砍。妳怎麼這麼想砍死他？』

（我討厭他。）

總覺得我們家的孩子越來越危險了。

不曉得獲得的宮廷禮儀能不能發揮效果，讓她變得溫柔嫻淑點？不，我看沒辦法。

「呼……抱歉，騷擾到妳了。」

「那傢伙是誰？」

「那位是大貴族家的大少爺，也是亞壘沙騎士團的副長。雖然是個用錢買地位的庸俗之輩，但出身高貴，所以很難應對。自從大約一年前來到此地上任，動不動就喜歡拿自己的身分作威作福，全城的人都討厭他。不過對公會做出愚蠢到這種地步的行為，倒還是第一次。」

「可以向騎士團抱怨。」

「辦不到的，因為大部分的問題，都有他父母壓下來。不過也因為如此，才會養出那麼蠢的兒子吧。況且他還擁有名為謊言真理的技能，能夠看穿謊言，所以也不能待他太冷淡。」

「那種小角色也能當副長？有錢就當得了？」

「這點請妳去向國家抗議吧，況且他雖然的確是小角色，Lv卻還算高。貴族當中常常有這種人，他們會與強悍騎士組隊，都讓別人去狩獵魔物，自己只負責升Lv。」

也就是真人版帶練了？

難怪戰鬥系技能都沒成長。

所以明明沒有戰鬥經驗，乍看之下卻是個Lv30的騎士。

「下次敢再來，我揍扁他。」

「可以的話，我是希望妳別這麼做。不要緊的，就如妳所看到的，副長腦袋並不靈光。團長是個明理人，只要我去找團長談談，他會暫時收斂一點。」

「那就算了。」

「請妳多包涵了，不然妳若是出手，連我們都會遭殃的。」

搞半天原來是為了你們自己啊！

不過以這個人來說，與其裝熟，還不如建立互惠關係比較能信得過。

「容我再次感謝妳提供惡魔素材，多虧這些素材，本公會也是大大受益。」

「嗯。」

「所以，魔石真的不在妳身上嗎？」

公會長，連你也在懷疑喔！

「開玩笑的。」

「好險。」

「什麼事情好險？」

「差點就出手了。」

「哈哈哈哈，那還真可怕。那麼，請妳務必提防那個人。那個男人會濫用看穿謊言的技能，陷害別人都不當一回事的。」

「不要緊。」

「這樣啊，既然妳都這麼說了，那就好……」

「我可以走了嗎？」

「可以，這次很謝謝妳。啊，請等一下。」

「嗯？」

「請妳前往櫃檯辦理升級，我已經送出文件處理了。」

「又可以升級了？」

「是啊，因為妳再次打出了令人驚嘆的戰果。我可不能讓獨自擊敗惡魔的冒險者自稱為F級。總之，我必須請妳升上D級。」

「不是E嗎？」

「本來我還想讓妳升到C呢，但實在得不到其他公會的認可。」

可想而知。才剛成為冒險者的小丫頭，單槍匹馬擊敗了B級惡魔？哪門子的冒險小說啊。反而應該說能升上D級已經算賺到了。

「知道了，我去櫃檯。」

「麻煩妳了，也請妳在櫃檯領取報酬，還有一筆不小的獎金喔。」

「嗯。」

我們到櫃檯提出升級的事，聽到其他冒險者議論紛紛。

在這家公會，這好像是最快的一次升級。

畢竟實際上來說，登錄後三天就D級了嘛。

聽冒險者們所說，大家似乎在打賭我們這次會不會升級。結果我們是跳級，變成超級爆冷門。

反而應該說他們主要是在吵這件事。

「哈哈！多虧了小妹妹，讓我大賺一筆！」

「可惡！我可是賠慘了！」

「哇哈哈哈哈。」

「怎麼樣，請妳喝一杯吧？」

「白痴啊，這麼小的孩子，怎麼能喝酒啊！」

「我喝。」

「哦！妳要喝嗎？」

「那就請妳喝杯蘋果汁好啦！」

就這樣，芙蘭的冒險者階級升上了D。

階級D啊，已經是名正言順的中堅冒險者了呢。

今天發生這些事讓我想到，是不是該找個場合，向冒險者們坦白說出我的存在？畢竟今後搞不好還會發生類似的狀況。

況且我在想，D級冒險者的話就算持有比較特殊的魔劍也不奇怪。

或許至少該說出我是能吸收魔石變強的劍，這樣芙蘭也比較方便行事。

只是，我身為智能武器這件事該不該說呢……下次找格爾斯老先生談談看吧。
不過關於惡魔的魔石，我猜大多數的人應該都認為是芙蘭藏在身上，所以大概沒有問題。只不過是把「藏在身上」改成「用劍吸收掉」罷了。
這樣想來，把惡魔素材回饋給公會或許是做對了。
而且聽說因為如此，大家都領到了獎金。
再來嘛，今天這頓酒就讓我們請吧。多施小惠，累積人情資本是很重要的。
「今天還是我請大家喝吧。」
「說這什麼話！哪能讓這麼小的孩子請喝酒啊！」
「沒關係，我有領到獎金。」
「哦哦，真有肚量！」
「我肚子不大。」
「啊哈哈，真是個幽默的小妹妹！」
「好！就把輸給妳的部分喝回來！」
「哇哈哈哈哈！」
結果他們竟然就這樣喝掉了十萬戈德……

終章

芙蘭睡著了嗎？

她應該沒喝到酒才對……不過畢竟今天打過一場激戰嘛。

惡魔真的很強，我還以為輸定了。

不只惡魔，幾個月前還只是個上班族的我，竟然在跟魔獸對打耶？誰能相信呢？

說著說著自己才發現到，我轉生到這個世界，已經過了好幾個月……

時間過得真快，在這麼短的期間內，我不知對付過多少魔獸。

先是哥布林，然後是低階飛龍，還有史萊姆，接著又是暴君劍齒虎，又是巨型哥布林。

如果我保持著人類肉身，遇到第一隻哥布林就已經沒命了。

轉生成劍起初雖然讓我大感困惑，但最近我開始覺得其實也不賴。

留在地球上，絕對無法獲得這些只存在於故事中的魔法或超能力。

而我將這些力量運用自如。

然後，遇見了芙蘭。

從遇見她以來才過了五天而已，真讓我不敢置信。

也就是說這五天過得實在太緊湊，太令我印象深刻了。

我們解放芙蘭的奴隸身分，一起走完枯竭森林，成為冒險者，與各種不同的人群相遇，以哥布林集團為對手賭命修行，走完擠滿巨型哥布林的地下城，最後與惡魔及地下城主展開生死鬥。

嗯，已經不是能用緊湊形容的了。

幾天內到底是想解完多少事件啦。

不過，也從來沒有過這麼充實的五天。

身為一把劍，說什麼活著的實際感受或許有點怪，但我想我一輩子，都不會有這五天感受這麼深刻。

「嗯……」

『芙蘭？』

原來只是翻個身。

我用念動輕輕幫芙蘭蓋好毛毯。

好可愛的睡臉。

呃不，我可不是蘿莉控喔。

當然芙蘭是個美少女沒錯。

有點自然捲的黑髮也是，白皙肌膚也是，毛茸茸的貓耳也是，全都惹人憐愛。

但我沒有那種意思。

不是那種心態，而是更近似於小朋友家長的親情。不過這是一種父愛，抑或是身為一把劍對裝備者抱持的好感，我自己也不明白就是了。

看著睡得香甜的芙蘭，我就是想保護她，沒有理由。

才不過五天。

只是這麼短暫的時間，我已經無法產生離開芙蘭的念頭了。

就算現在有人說要讓我回地球，我肯定也會拒絕。

因為轉生到異世界以來的幾個月，以及與芙蘭共度的五天期間，讓我得到令我留戀的事物。

『異世界啊……』

我從旅店窗戶仰望夜空。

四個月亮圍繞著巨大的銀色新月，綻放光華。

每當看到這個景色，就會讓我體認到——我的確來到了異世界。這個世界，才是今後屬於我的現實。

然後，我會重新下定決心——

『我將會與芙蘭相依相守，在這個世界持續前進。』

後記

大家好，我是棚架ユウ。

無論是初次認識的讀者，或從網路連載時就陪伴至今的讀者，非常謝謝各位賞光買下本書。

已經在網路買下本書的讀者，請推薦給你的親朋好友。

此刻正在書店裡翻閱本書的讀者，請立刻拿去結帳吧，一切都從這裡開始！

這本小說，是我在小說投稿網站「成為小說家吧」投稿的作品改稿而成。

剛開始創作時，從沒想到有朝一日會正式出版。

我還跟朋友之類的開玩笑說：「要是出書了，我就幫你簽名。」

沒有啦，畢竟網站名稱就叫作「成為小說家吧」，我是有意識到這點。

成為小說家是我長年以來的夢想，也曾為此努力過。

事實上，我也曾經只差一步就能實現夢想。不過，結果還是不順利。

就在那時，我遇見了「成為小說家吧」這個網站。

在這個網站創作的話，不用出書也能讓各類讀者閱讀自己的作品，說不定還能得到感想。雖然要出書八成是不可能，但用來鍛鍊文筆似乎剛好？

初次投稿時，我只抱持著這種輕鬆的心態。

剛開始讀者永遠只有少少幾位，完全只屬於我的興趣範圍。
讓讀者閱讀自己寫的小說，看著感想一下高興，一下難過，然後因為遭到批評而沮喪。
不知不覺間，讀者人數漸漸增多，在排行榜等地方開始名列前茅，我才終於想到「說不定真有機會……」。
然後就是夢寐以求的正式出版。
雖然我還不夠有自信說「我的職業是小說家喔！」但至少已經有信心能夠繼續創作下去了。
如今，我真的很慶幸當初有在「成為小說家吧」投稿。
最後我想致上謝詞。
對我這篇拙作表示讚賞並頒獎給我的MICRO MAGAZINE出版社，以及耐心十足地陪我改稿的I編輯，各位的大恩大德我永生難忘。
為本書繪製了超級無敵可愛插畫的るろお老師，芙蘭實在太可愛，作者都被萌昏了。
給予作品正式出版契機的「成為小說家吧」網站。
在我最難熬的時候，給予我支持鼓勵的家鄉朋友與職場同事們等等。
還有參與出版工作的所有人士。
然後是從這篇小說在網路上投稿開始，就一路支持到現在的各位讀者。
我由衷感謝大家。
那麼，我們第二集再見了。
謝謝大家讀到最後。

國家圖書館出版品預行編目資料

轉生就是劍 / 棚架ユウ作 ; 可倫譯. -- 初版. -- 臺北市 : 臺灣角川, 2018.08-

冊 ; 公分

譯自 : 転生したら剣でした

ISBN 978-957-564-360-7(第1冊 : 平裝)

861.57 107009582

Kadokawa
Fantastic
Novels

轉生就是劍 1

（原著名：転生したら剣でした 1）

２０１８年８月16日　初版第１刷發行
２０２２年11月17日　初版第２刷發行

作　　者：棚架ユウ
插　　畫：るろお
譯　　者：可倫

發 行 人：岩崎剛人
總 編 輯：蔡佩芬
副總編輯：朱哲成
美術設計：莊捷寧
印　　務：李明修（主任）、張加恩（主任）、張凱棋

發 行 所：台灣角川股份有限公司
地　　址：１０４台北市中山區松江路２２３號３樓
電　　話：（02）2515-3000
傳　　真：（02）2515-0033
網　　址：www.kadokawa.com.tw
劃撥帳戶：台灣角川股份有限公司
劃撥帳號：19487412
法律顧問：有澤法律事務所
製　　版：巨茂科技印刷有限公司
ＩＳＢＮ：978-957-564-360-7